感恩书系

感恩父母

情深似海的 65 个父爱母爱故事

◎主　编：滕　刚
◎副主编：曹茂昌　陈　雄　安　勇

花山文艺出版社

图书在版编目(CIP)数据

感恩父母:情深似海的 65 个父爱母爱故事 / 滕刚主编.
—石家庄:花山文艺出版社, 2006.7(2021.5 重印)

(感恩书系 / 滕刚主编)

ISBN 978-7-80673-619-7

Ⅰ.①感... Ⅱ.①滕... Ⅲ.①散文—作品集—世界
Ⅳ.①I16

中国版本图书馆 CIP 数据核字(2006)第 064442 号

丛 书 名:感恩书系
总 主 编:滕 刚
书 名:**感恩父母:情深似海的 65 个父爱母爱故事**
主 编:滕 刚

策 划:张采鑫
责任编辑:李 鸥
特约编辑:李文生
责任校对:贾 伟
全案设计:北京九洲鼎图书有限公司
出版发行:花山文艺出版社(邮政编码:050061)
(河北省石家庄市友谊北大街 330 号)

销售热线:0311-88643221
传 真:0311-88643234
印 刷:永清县晔盛亚胶印有限公司
经 销:新华书店
开 本:710×1000 1/16
字 数:150 千字
印 张:9
版 次:2006 年 7 月第 1 版
2021 年 5 月第 2 次印刷
书 号:ISBN 978-7-80673-619-7
定 价:36.00 元

永怀感恩之心

○马 德

情·深·似·海·的·65·个·父·爱·母·爱·故·事

感恩不是一件华丽的衫子,单单用来吸引别人的目光的。

它是草际间流转的一抹青翠,是鹅卵石间隙处荡漾的一汪澄澈,是朝暾初出时林间氤氲的清新,是生命底色中沉积的真的流露,是血脉中流淌的善的迸发,是灵魂中贮藏的美的呈现。

在人类的精神天空中,感恩不是飘忽而逝的云彩,而是云彩背后一片洁净的湛蓝。感恩在人类精神的坐标中,不是偶然,而是永恒。感恩的行为是自然的,它是一种无意识,像须臾不停的呼吸,伴随在生命的韵律之间。人类的美是以爱来呈现的,而感恩之心,是人类心田中最美的种子,它发芽之后,开出爱之花,结出爱之果。从这个意义上讲,懂得感恩的人,一定在心中藏有大爱,并以此关照人,抚慰人,呵护人,爱人。

懂得感恩的心灵,是存在于这个世界的最美的心灵;懂得感恩的生命,是行走在这个世界上的最值得敬重的生命。

我常想,在天地之间,在我们可及或不可及的视野里,一些人类自身无法忖度的生命或物质,是不是彼此对对方也怀着感恩之心呢?譬如一朵花,不仅开出自身的美艳,还要播散出一地的幽香与芬芳来,是不是花朵对滋养它的大地,对抚慰它的草木,对清风,对暖日的感恩呢?

我们不是花,不能触及它的内心,但我一直坚定地认为,这是花朵对这个世界的感恩。也许,大地、草木、清风、暖日早已明白了它的感恩之心,只有人类还蒙在鼓里。

再譬如,一片秋叶,旋舞成蝶,是不是怀着对春天的感恩而翩然飘落? 一棵大树,浓荫如盖,是不是怀着对一方水土的感恩而蔽日遮天?翔动的鱼群中,有没有怀着对溪流的感恩而始终满含着泪水的一尾?飞舞的蜜蜂中,有没有怀着对蕊间蜜的感恩而迟迟不肯离去的一只? 湖面上一圈荡开的涟漪,草叶上一颗笃定的露珠,飞来的鸟,奔去的蚂蚁,自然中一切的安定与躁动,平静与喧嚣,它与它们的周围,是不是都在传递着人类看不见的感恩？我宁愿相信，天地之间一切的美与和谐，都依靠感恩这种美德的流转而维系，都依靠感恩这种情感传递而呈现。虽然有时候，它们在暗处进行，我们看不见；虽然有时候，它们表达的方式含蓄，我们读不懂。

心怀感恩的人，所触到的，是人世的暖；所感知到的，是人世的美。

有一位老人，在那个特殊的年代，曾被打成反动学术权威，差一点儿被批斗致死。有一天，我去拜会他，谈到了他人生的这一段。我以为他会向我倾吐内心的凄苦与悲凉。然而，出乎意料的是，他和我说，他很感恩于那一段岁月。因为那一段岁月，让他认识了两个人，而这两个人的出现，让他获得了活下来的勇气。其中的一个是一位妇女，在他饿得快死的时候，悄悄塞给他两个馒头。而另一个，是他们单位的门卫，当造反派要来批斗他的时候，这个门卫冒死把已经奄奄一息的他藏在一间废弃的屋子里，让他躲过一劫。

老人说这些话的时候，神态安详，面容平静，骨子里升腾着暖意。他的态度，给了我深深的震撼。看来，即便是遭遇多舛的命途，即便是遭逢不济的时运，只要拥有一颗感恩的心，一个人触摸到的，只会是生活的暖意；感受到的，只会是岁月的静好。

一个生命个体，不可能孤立地活在这个世界上。在漫长的人生旅途中，可能会不断地得到别人的扶持、帮助、呵护以及关爱。所以懂得感恩的人，总是觉得自己幸运地得到了这个世界的许多恩赐，而沐浴在这不尽的恩赐中，生命自然也就会体味到甜美与幸福。

感恩两个字，是因感知而感激，但我情愿再拆解出一个报恩的意思来。也就是说，当我们在感激之后，还能因此生出爱，去爱别人，去关怀别人，从而再赢得别人的感恩。如果那样的话，环环相扣的感恩所联结的，就是生生不息的爱；而被爱所萦绕的世界，将会是一个多么温暖多么美妙的世界！

我们活在这个世界上，应该懂得感恩于自己的祖国，感恩于佑护自己的社会，感恩于让自己茁壮成长的阳光、空气以及大地、河流、庄稼，感恩于扶持过自己的朋友，感恩于教诲过自己的师长，感恩于曾经给予自己帮助的所有人，如果这一切，都未曾触动过你的内心，那么，你至少要感恩于生你养你的父母。这，已经是我们活在这个世界上的底线。

一个人，可以通过好多种方式在这个世界上留下痕迹，也可以有好多种办法给生活留下属于自己的馨香。我想，一个懂得感恩的人，会在心田里生发出香气，然后弥散到举手投足之间，进而浸润到人生每一个足迹之中。那是一种灵魂的香味，会贯穿生命的始终的。

很欣喜地闻知，将有这样一套"感恩书系"出版。我想，当所有的人读完这些回味悠长的文字之后，会口齿生香，津津乐道，并愈加懂得感恩，懂得爱……

目录

第一辑
生命里的感动

沐浴着爱的阳光长大
滋润着人间的真情成长
多少次带着幸福的感觉进入梦乡
多少回含着感动的泪花畅想未来
母亲的爱,点燃了我们心中的希望
父亲的爱,鼓起我们远航的风帆
聆听母亲殷切的心愿
面对父亲深沉的感情
深深地说声——"谢谢"

病魔与死神将我这个不满24岁的生命当成它们手中的一根扯来扯去的猴皮筋,母亲用她带血的泪水和根根白发陪着我一道跟它们较量,最终我竟奇迹般摆脱了死神的纠缠。

你的眼泪是一条河

◆文/李东辉

母亲哭了,在摇曳的光影里。六十年了,多少苦涩的泪伴着逝去的岁月,在母亲的脸上流呀流,流走了母亲满头的青丝,流成了道道细密的小河。

母亲是个苦命的人,她13岁那年夏天,我外婆突然中风去世了,母亲在外婆的坟前哭干了最后一滴眼泪,就担起了操持家务照料妹妹的担子。默默劳作、不善言谈的性格便是从那时候开始养成的。日子的艰难,心中的愁苦,无人倾诉,只有在夜里默默流泪。

母亲20岁那年冬天,嫁到了我们李家,我的父亲小母亲1岁,家境虽很贫寒,可在十里八村,父亲称得上是一个出色的小伙子。贫家女是不怕过穷日子的,只要她的心能有个依靠就够了。哪想婚后不久,父亲就因劳累过度患了肺病,时常大口大口地吐血,母亲流着泪,求父亲去治疗,执拗刚烈的父亲却咬牙发誓不把日子过好,他死也不去治病。母亲知道父亲的心思,他是怕花钱。看着四壁如洗的两间土坯西厢房,家里也真拿不出钱来给父亲治病,母亲除了拼死干活儿来减轻父亲的劳累,就是终日含泪祈求老天保佑。不知是不是母亲虔诚的祷告感动了上苍,半年后,父亲的病竟然不治自愈了,三间新房也盖了起来。房子盖好的那天,母亲抱着父亲大哭了一场。

日子稍稍好过一点儿的时候,我来到了世上,从出生那一天起就把无尽的牵挂与愁苦带给了她,母亲的生命从此成为一支被我点燃的蜡烛,再没有停止过燃烧和流泪。

不满1岁的时候,我得了急性肠炎,这病在三十多年前的农村,是可以置人于死命的。当时,已经担任村支部书记的父亲远在几百里外的地委党校学习,母亲抱着气息奄奄的我,冲进雷电交加的茫茫雨夜,一路跌跌撞撞,终于在子夜敲开了10里外一个老中医的家门。母亲跪在老中医的面前,求他救救她的儿子,她再次用她的泪感动了上苍,我竟死里逃生,奇迹般地活了下来。

说起来,我还算给母亲争气,从小学到中学一路读过来,没让她失望。1980年,18岁的我参加高考竟考了个全县文科第一,母亲连夜把我的被子拆了添絮一层新棉,灯光下,她手中的针线起起落落,点点滴滴的泪水连同那颗慈母心都絮进了那厚厚的棉被里。

大学毕业后,我被分到一个新兴城市工作,母亲没再做太多的嘱咐,只对我说:"你真的长大了,以后出门在外,要行善事,做好人。妈今年喂的这头猪不卖了,留着等你过年回来。"可是,母亲盼来的不是儿子归来的团圆,而是我患病住院的音讯。已是农历腊月中旬,单位的车把父母接到我所住的医院,母亲跟跄着扑到我的床头,抱着我的头,泉涌般的泪水润湿了我的脸。我的心里满是对母亲深深的歉意,为什么我带给你的总是流不尽的泪? 我真是一个不怀好意的讨债鬼吗?

在以后整整十八个月的日子里,病魔与死神将我这个不满24岁的生命当成它们手中的一根扯来扯去的猴皮筋,母亲用她带血的泪水和根根白发陪着我一道跟它们较量,最终我竟奇迹般摆脱了死神的纠缠,可是它没有空手而去,带走了我的一双眼睛。

那是一个飘着细雨的暮春之夜,病房里很安静,母亲小声对我说:"你要是难受就抽支烟吧。这是我从小卖部给你买的,是你从前爱吸的'大前门'牌,护士都查过房了,不会有人来了。"母亲的话怯生生的。对失明的儿子,已是心碎的母亲,犹如做错了事的孩子,不知如何才能不惹我发怒。

黑暗中,我下意识地伸出手,她竟看见了,忙把一支烟放到我手中,然后又急急忙忙地去找火柴。我深吸一口久违的香烟,许久才伴着一声重重的叹息吐出浓浓的烟雾。母亲又小心翼翼地开口了:"妈知道你心里难受,可我们总还要活下去!""活,像我这样活着有啥用?"这是我几个月来第一次顺着母亲的话茬儿答言,母亲受到更大的鼓励:"咋没用,只要你还活着,只要我和你爹下地回来能看到炕上坐着他们的儿子,我们心里就踏实,就有奔头……"窗外的雨下得大了,落在长出新芽的树上沙沙作响,忽觉得脸上痒痒的,用手去摸,是泪。

肆虐的风暴过去了,生命之树带着累累伤痕终又艰难地站了起来。在家休养了三年,我又鼓起勇气上路了,因为有母亲那句:"咱要好好活!"我必须走出一条活的路来。几年来我的脚下已有一条路的雏形,尽管还不是很清晰,尽管还很狭窄,但那是我自己用脚踩出来的,是我活着的见证,这条路上有我的梦,也有母亲的泪。如果说我的生命是一条船,那么母亲的眼泪就是一条河了。四年前一场婚变,又是母亲含着眼泪默默担起了抚养我6岁幼儿的责任。

母亲啊,你的眼泪真是一条流不尽的河,每当我的生命之船搁浅了,你总是用自己的生命托起我这只船,送我到远方。

感恩提示
gan en ti shi

作为一个女人,这位母亲真的很不幸。

母亲是个苦命的人,她13岁那年,"我"外婆中风去世,母亲就担起了操持家务照料妹妹的担子。20岁,嫁给"我"父亲,婚后不久,父亲就因劳累过度患了肺病,这让母亲又熬了很多苦日子。"我"小时候也经常生病,这也拖累了母亲。这一切都给了母亲带来了不幸。试想,如果这位母亲不坚强,如何能迈过这人生的一道道坎?

"我"的成长历程中最让母亲高兴的事是"我"学习成绩一向很好,最终成功地考上了大学并顺利找到了好工作!但是好日子才过不久,厄运就来临了,"我"患病住院最终还失明了。真是不幸!这让"我"失去了生活的信心,但是母亲的劝诫却让"我"重新鼓起勇气生活下去!母亲又撑起"我"的生活,甚至为"我"养育孩子。这一切感人至深!

一切的不幸,让这份母爱显得格外沉重!

是的,这是一位很坚强的母亲,能直面现实,勇挑重担,让人敬重!

母爱是最无私的。当你遇难时,可能众叛亲离,即使是最亲密无间的爱人也会离开你,但是母亲始终都不会把你扔下!这就是伟大的母爱!

在为这伟大的母爱感动的同时,我们是不是应该想想为母亲做点儿什么呢?

(莫文英)

"我刚刚写了一封伟大的家书,一封母亲给儿子的信。你想听吗……"我拿着手机走出门去。

一封伟大的家书

◆文/红琥珀

我散步后回到宿舍,老远就看到一个黑黢黢的影子蹲在门口,我不由得心头发毛,后退了一步,大声地问:"谁?"黑影立刻站了起来,走到路灯下,笑着说:"陈老师,是我。"我定睛一看,原来是那个村里人都称作蒋二婶的中年妇女。

我笑着走了过去:"呵呵,吓了我一跳。""陈老师,这是我家自己种的雪梨,给您尝尝。"她举起手中一个大篮子,里面满满装着梨,个个都有菠萝那么大。"那哪行!谢谢你,拿回去,我可不能收。"她又走近一步,和我面对面站着,哀求着说:"陈老师,您好歹得收着。我还有事儿找您帮忙呢。""进屋说话吧,忙好帮,水果拿走。"

"陈老师,我想请您帮我写封信,给我儿子的。"她把篮子放在我的写字台上,不好意思地说,"我勉强识得几个字,简单的信能写。这次要讲的东西多了,怕说不清。"

"没事儿,你说,我来替你写。"我拉开抽屉拿出几张信纸。

"是这样的,我儿子在福州大学读书。"

"对,我听说过的,去年全乡的状元郎。"

她立即开心地笑了起来:"对啊。您也知道了。他昨天给我来信说,吃不惯学校的菜,就想吃点儿辣的。我想啊,这娃回来一趟也不容易,车费贵啊。我和他爸就寻思着,给他寄点儿辣椒粉去,菜或者是面条里放些,味道就好点儿。"

"嗯,对。想得真周全。"

"陈老师,您说这孩子出门在外的,做爹妈的也就在这上面能尽点儿力了不是?"

"那好,你说我写吧。"

她轻咳一声,凝视着面前的一瓶墨水,说:"进儿,你的来信收到了。出了省,饮食口味有不同也是正常的,你爸让我给你寄点儿辣椒粉来,又怕你不会用,就请陈老师代我们写封信来给你说说。"

我笑着摇手:"不用说这个,有什么话我直接写就行了。"

她捂着嘴乐了:"哦。不写这个啊,好。"

"我是买的最好的辣椒来磨成面子的。特别辣,你一次别放太多,要不然那些暗疮又要长出来了。辣椒粉别靠近水汽,得放在干燥通风的地方,要不就容易发霉。你上次说你们寝室的同学买了电炒锅,那最好就把它做成油辣子,保存的时间就长得多了。"

"还得教他做油辣子吧?"我笑道,"他会吗?"

"这孩子在家时我从没让他干过家务,都让他一心念书的。"她把椅子拉近点儿,"可不,还真得教他。"

"把油倒进锅里,哎,锅里可别有水,要不油溅起来会烫伤的。看到油冒大气了,就关火,等油冷一点儿再倒进辣椒粉里,烫了的话辣子就全烆了,一点儿辣味也没有。哦，还有，可不能用玻璃陶瓷的来装，热油一下去就裂了。"

"呵呵，说得这么详细他一定会了。"

她突然站起来："哎呀，陈老师，还得加一句，我这孩子最马大哈了，他别烧着油就跑掉了，那燃起来可不是小事!"她紧张得两只手互相扭着，好像看到锅里的油烧着了。

"好，我写。"

"还跟他说，同学有爱吃辣子的都吃，完了我再寄。"她微笑着掠了掠头发，坐了下来。

"唉!"她皱起眉头，"他爸前几天干活踩到块碎玻璃，刚好伤到脚心，这不，一步也动不了呢。算了，还是不要对他说，白担心。"

我点点头。

"还有，"她叹口气，"寒假里他跟他爸说，他在和学生会一个女同学谈对象，他爸当时就问，你跟人家说你的家庭情况没有，咱家这么穷。他一听这话，脸子一拉就把他爸一个人撂那儿理也不理了。"她抬起眼睛来，"陈老师，您跟他说，可别哄人家闺女，咱是什么状况就咋说。再说了，我也不太赞成他大学里谈朋友的，男人没事业怎么立得起家来?您说是吧，陈老师?"

"孩子大了，各人有各人的想法，只能把道理给他讲清，他自己会思考的。"

"哎，对。您说得有理。"

"还有什么要说吗?"

"没什么了，就说我们一切都好，叫他好好读书，不要挂念。"

我飞快地在另一张信纸上誊写了一遍。"好了，我念给你听听，看行不?"

"进儿：来信已收到。家中一切均好，勿念。你说在学校饮食不习惯，正是在家事事好，出门时时难。但好男儿志在四方，你也应当学会忍耐适应。我特意买了最好的辣椒磨成辣椒粉给你寄来，可在菜肴或面条里添加少许，以解思乡之情。你可与同学分享，吃完了来信告之，我会再寄。辣椒粉应当存放在干燥通风之处，切勿靠近水汽，否则易霉变。上次你说室友有一只电炒锅，那最好将辣椒粉做成油辣子以便于保存。具体制作方法是，将油倒入干锅，油热至大气腾腾时便可关火，待油稍冷之后再倒入辣椒粉中，搅拌即可。但要注意两点：一，不可用玻璃器皿或陶瓷餐具盛放，油热易裂。二，烧油期间不可离人，恐酿成火灾，慎之!另外，上次你和父亲所说你与女同学恋爱一事，妈妈希望你多以诚意示人，真心换真情。丈夫立于世，当立志立业然后方可立家。享受一份感情的背后，更需要的是勇敢地承担起责任。"

我顿了一顿，说："最后的落款是，你的母亲。2004 年 4 月 6 日。这样行吗?"

她站起来拉住我的手:"陈老师,您写得太好了!叫我咋说……"她掏出手绢儿擦了擦眼睛。

"没什么。你们做父母的太令人感动了。"我将信纸叠好交给她,"以后要写什么来找我,没关系的。"

她连声道谢着向门外走去。

"哎,梨……"

"您千万别看不起。您平时教娃娃们太辛苦了。"

我的手机响了,她趁机把我的门掩上走了。

"喂,星啊?"

"是我。有什么事?"我笑了,男朋友每天这个时候都会来电话聊天的。

"没事不能找你?咳,别说,真有事。上次我找教育局的张科,他说你们这种支教的要调地方还没有先例,很难办。我怕你泄气,一直没敢告诉你的。"

"没关系。我不想走了。"

"星,你别说气话呀,听我说完嘛。我叫我爸找了王总去疏通,这次估计能行。"

"别去找了。真的,我想通了。我一定要在梨花村待够这一年,好好教一批娃娃。他们需要的不光是知识。"

"你怎么了?谁给你刺激了?"

"我刚刚写了一封伟大的家书,一封母亲给儿子的信。你想听吗……"我拿着手机走出门去。

朦胧的星光下,四处正散发着田野的芳香。

感恩提示

gan en ti shi

　　一位母亲识字不多,为了给儿子寄辣椒,求"我"帮她写一封信。

　　一开始见到她蹲在"我"宿舍门口,印象就不太好。后来听她说事由,还是答应了。在听这位母亲述说的过程中,"我"被这份沉重的爱深深地打动了。这位母亲不但给孩子寄去辣椒粉,而且还耐心地附上具体的使用方法、保存方法和制作方法以及特意叮嘱儿子要注意的事项。还跟儿子聊了对于他在大学里谈对象的看法,叮嘱他要诚信做人,以事业为重,先立事业再成家。这些事情都非常的琐碎,但是正是这些真实的细节成功地塑造出了这位母亲的形象。她辛勤、诚实、而又体贴入微。特别是她教育儿子把辣椒与舍友分享,谈对象要对家境实话实说,这从另一个侧面都反映出了这位母亲的好品格。

正是这位母亲影响了"我"的思想。本来我竭力在搞调动，不想留在这个穷乡僻壤，但是最终"我"还是留下了。因为"我"觉得这个地方需要"我"，"我"可以教会的不仅是知识，还可以教会学生做人的道理！这都是因为"我"被这位母亲纯朴的品格打动了！

一封家书，平凡中蕴涵着母爱，也蕴涵着怀揣一颗感恩的心做人的道理。

（莫文英）

我还在想着应该如何帮助她面对死亡呢，她却已经在为她的孩子们的未来而未雨绸缪了。

最后一盘磁带

◆文/[美]南·平克斯顿 译/西风独自凉

此刻，医院里人头攒动，熙来攘往。我打开我的一个新病人的检查记录，一边看着一边朝她的病房走去。周围的喧嚷嘈杂分散了我的注意力，但我并没有因此而感到不快，反而觉得有些高兴。我的儿子埃里克刚刚拿回家一张令人大失所望的成绩单，而我的女儿香农则因为要获取驾驶执照的事又和我发生了不小的争执。我希望在接下来的8小时里，能够全身心地投入到帮助病人的工作中去，因为我知道，与他们相比，我这一点儿烦恼实在是算不了什么。

我的这个新病人名叫丽贝卡，今年只有32岁，她得了乳腺癌，刚做过乳房切除手术，现在正进行化学治疗。一走进她的病房，我就看见有三个正"咯咯咯"欢笑着的天真活泼的小女孩将她围在中间。

这时候，我告诉丽贝卡说，从今天开始，她的护理工作将由我来负责。接着，她把她的家人——丈夫沃伦，孩子——6岁的鲁丝、4岁的汉娜和2岁的莫莉也——地向我做了介绍。然后，沃伦哄着孩子让她们离开妈妈，并答应买冰淇淋给她们吃，而且他还对丽贝卡说他和孩子们明天再来。

等他们都出门之后，我便用酒精为丽贝卡擦拭手臂，准备为她做静脉注射。她注视着我的手，神情紧张地笑着说："我想我必须要告诉你，我害怕打针。"

"你放心，不要紧张，当你还没有感觉到我打的时候就已经打完了，"我笑着对她说，"来，我数三下。"

　　这时，丽贝卡紧紧地闭上了眼睛，嘴里喃喃地祷告着，直到我给她打完针。然后，她微笑着紧紧地握了一下我的手说："能不能麻烦你在走之前把桌上的《圣经》拿给我？"

　　于是，我把那本已经翻得有些破旧的《圣经》拿给了她。

　　"《圣经》里有没有你最喜欢的篇章？"她一边接过《圣经》，一边问我道。

　　"有，就是约翰福音第11章第35节《耶稣哭泣》。"

　　"哦，这一节读起来很令人感到悲伤。"她说，"你为什么会喜欢这一节呢？"

　　"因为它使我感到距离耶稣更近，并且使我知道他也能体验到人类的悲哀与不幸。"说完，我走出房间，并轻轻地关上了房门。

　　丽贝卡若有所思地点了点头。接着就开始低头翻阅起《圣经》来。

　　在接下来的几个月里，我目睹了丽贝卡同化学治疗所带来的痛苦顽强抗争的情景。她住院的次数变得越来越频繁了，同时，她也更加牵挂、更加担心她的孩子们。而在这一段时间里，我仍旧在全力以赴、想方设法地对付我的孩子们。他们经常不是彻夜不归，就是把自己关在房间里。每当看到丽贝卡的女儿们环绕依偎在她的身旁时，我都会情不自禁地怀念起我的孩子们曾经也像她们一样依偎在我身边的日子。对丽贝卡所采取的化学治疗一度似乎很起作用。但是，好景不长，没多久，医生们又在她的身体里发现了另一个恶性肿瘤。两个月之后，她的胸部X光透视显示癌已经扩散到了她的肺部，而且已经是晚期了。哦，上帝啊，请赐给我力量来帮助她熬过这场苦难吧！看着她痛苦的神情，我默默地为她祈祷着。

　　有一天，当我走进她的病房时，发现她正对着磁带录音机说话。见我进来，她连忙拿起一个黄色书写簿，递给我说："我正在为我的女儿们录音呢！"

　　我接过那个黄色书写簿一看，只见上面写着：开始上学、举行坚信礼仪式（基督教的一种在教堂中举行的接收洗礼教徒为正式成员的仪式）、进入16周岁、第一次约会、毕业。我还在想着应该如何帮助她面对死亡呢，她却已经在为她的孩子们的未来而未雨绸缪了。

　　通常，她都是利用清晨的那几个小时来录制磁带，因为在这段时间里，没有人来打搅她，她可以在没有任何干扰的情况下安安心心地录制磁带。在那些磁带里，录制的全都是他们的家庭故事以及她对孩子们的建议——她多么想把她对孩子们一生的爱都压缩到那宝贵的几个小时里啊！最后，当她把那个黄色书写簿上所列的每一个项目都录制完成之后，就把那些磁带都交给了她的丈夫。

　　每当我看到她在全神贯注地录制磁带的时候，我总是会想："如果我是她，我会说些什么呢？"也许是因为我总是喜欢问我的孩子们今天去哪里啦，都和谁待在一起啦的缘故吧，他们也总是对我开玩笑说我简直就像是一个美国联邦调查局侦探。每每这时，我总是想："我该如何向他们表达我对他们的爱和鼓励呢?"

一天下午，大约3点钟的时候，我接到了一个从医院打来的紧急电话。原来是丽贝卡要我立刻给她送一盒空白磁带去。"难道她有什么东西忘了录音了?"我有些纳闷。

当我走进病房的时候，就见她满脸通红，呼吸急促。我知道，此刻的她已经处于弥留之际了。于是，我立刻把磁带放进录音机，把话筒对准她的嘴。

"鲁丝，汉娜，莫莉——这是最重要的一盘磁带。"她一边说一边紧紧地抓住了我的手，并且闭上了双眼，"也许有一天，你们的爸爸会给你们带回家一个新妈妈。请你们一定要让她感觉到你们对她特别亲密，并且要让她了解应该如何照顾你们。鲁丝，我的宝贝，千万不要忘了，每个星期二要帮助她把你的女童子军制服准备好;汉娜，记着要告诉她你吃面条不喜欢放酱汁，你要是不告诉她，她怎么能知道你不喜欢把它们放在一起吃呢?莫莉，如果再没有苹果汁喝的话，千万不要再生气了，你可以喝别的饮料啊。我亲爱的孩子们，不要太难过了，所有的悲伤都会过去的。要知道，耶稣也会伤心哭泣。他懂得我们为什么会悲伤，并且他会帮助你们重新变得快乐起来。记住，我亲爱的孩子们，我永远爱你们!"

说完，丽贝卡如释重负似的深深地叹了一口气。"谢谢你，南!你会替我把这盘磁带交给她们的，是吗?"她勉强地微笑着，喃喃地低语道。就这样，她说着说着就沉沉地睡着了。

"放心吧，丽贝卡，这盘磁带肯定会放给你的孩子们听的。"我一边将丽贝卡的毯子抚平一边想着。然后，我就立刻开着车向家中驶去。一路上，丽贝卡在最后一盘磁带中录下的话语不停地在我的耳畔回响着，于是，我想到了我的女儿香农也喜欢把酱汁和面条分开来吃，她的这个怪癖曾经多次惹我生气，但是现在看来，我却觉得它反而使她显得更加可爱了。

那天晚上，孩子们都没有出去。吃完加酱汁的意大利细面条之后，他们并没有立刻离去，而是和我围坐在一起，开心地交谈着，良久，良久，直到碟子上剩余的酱汁都放干了，他们还依依不舍地依偎在我的身边。就这样，我们畅谈着，没有怀疑，没有询问，也没有抱怨……

感 恩 提 示
gan en ti shi

世上有七情，而与生俱来的便是亲情。亲情是伴随你一生，但又是你最容易忽略的情感，让人难以捉摸。

文章中的亲情是那么平凡又是那么伟大。丽贝卡从一个害怕打针的人转变成为一名和命运对抗的人，并不是她畏惧死亡，而是难以割舍的亲情让她坚持着活下去。面对自己的三个女儿，丽贝卡只能感到命运的残酷和内心的无助。作为一名妻子，作为一个母亲，她无法放下对女儿们的牵挂。每天清晨录下爱的语言，向自己的女儿们诉说自己心中的顾虑，这是多么让人落泪的情景啊！世上真情，难道只有在生死离别中才可以见到？不一定。汉娜喜欢加酱汁的意大利细面条，而"我"的女儿也是一样。同为母亲，丽贝卡宽容、欣然地接受，而"我"却为这种事多次生气。生气或是接受都是亲情的表现。生气是对爱的纠正，接受是对爱的收留。一串串特殊而又平常的事情，在作者笔下连成了一条感人的心链。

（王靖君）

当搜救人员找到希尔弗时，她已昏迷快两个小时了。让所有人都目瞪口呆的是，在她浑身是血的怀抱里有一个小生命在蠕动。

母爱给了我力量

◆译/刘 蓉

一

35岁的希尔弗是澳大利亚一位民间艺术家，她和丈夫杰佛生活在澳大利亚中部城市艾丽斯斯普林斯市郊的一幢乡间别墅里。2000年春，希尔弗怀上了第一个孩子，11月27日，离希尔弗的预产期还有一周的时间，杰佛上班前告诉妻子，他今晚公司有应酬，可能不会回来。

快到中午时，希尔弗给附近一家比萨饼商店打电话预订一份水果馅饼。40分钟后，比萨饼送到了，开车的是店里的送货员汉特。突然，希尔弗感到腹部一阵剧痛，紧接着又是一阵剧痛，可能自己要生了，希尔弗咬紧牙关坐了下来。

汉特猛然注意到希尔弗脸色苍白，额头上汗珠直冒，赶紧问道："夫人，您什么地方不舒服？"希尔弗忍着疼痛说："孩子恐怕要提前出生了，我必须到医院去。"汉特赶紧搀扶着希尔弗走出家门，汉特开的是辆小型厢式货车，他将希尔弗扶上驾驶室的副座,随后迅速启动汽车。

二

汽车沿着蜿蜒的山间公路以每小时 80 英里的时速向前急驶,当汽车行驶到一半路程时,希尔弗的羊水破了,她不由得痛苦地叫唤一声。从未见过如此情景的汉特听到希尔弗的叫唤声,心里一紧张,方向盘失去了控制,车子径直朝一条长满灌木的峡谷冲去。

汽车扫过一大片树林和草地,一头栽到谷底。不知过了多久,希尔弗苏醒过来,惊讶地发现自己还活着,可是汉特被甩出车外,头部砸在一块岩石上,被夺去了生命。希尔弗的右腿被汽车的引擎盖紧紧压住了,根本无法脱身。

刚才的车祸使她腰部以下的躯体暂时失去了知觉,她仍处于即将分娩的状态中。当希尔弗朝四周看看后,不禁出了一身冷汗。原来卡车是在斜坡上冲了好几百米后才跌落到这个峡谷的,根本没在道路旁留下事故的痕迹,而周围密密麻麻的灌木丛又完全将事故现场掩盖住了。

平时这条公路行驶的车辆就很少,即使有车辆经过,也很难有人会发现在这深深的峡谷里发生了一场重大车祸。希尔弗陷入深深的绝望中,她想,看来自己必须独自将这个孩子生出来了。

三

希尔弗的父亲曾是个产科医生,希尔弗曾当过父亲的助手,亲眼目睹过父亲接生和动手术的情况。她判断孩子很快就要出生了,她开始有意识地用力,可她发现,由于下身麻木,她根本使不上劲。

一直到晚上孩子仍未降生,也没有营救人员出现,而此时,车祸前的那种阵痛又慢慢地回来了,整整一晚上过去了,希尔弗都在这种痛苦中煎熬。当新的一天的太阳照亮东方地平线时,希尔弗的心里又重新燃起了希望。

她努力调整身体的姿态,尽最大的可能用力,然而直到下午,孩子仍没有生出来。此时,希尔弗已精疲力竭,她的身体因出汗过多而接近虚脱,她感到靠自身的力量已不可能让孩子自然生产了。

她想到了父亲当年曾教给她的:产妇无力将孩子生出时,应该立即施行剖腹产,进行剖腹产!希尔弗被这个想法吓了一跳,她不知搜救人员何时才能找到她,可如果错过了时机,孩子的生命就会有危险。终于,一种强烈的母爱使希尔弗下了决心:自己做剖腹产!

四

可是,到哪儿去找做手术的工具呢?她知道,在每辆澳大利亚车上,都应该有一个医疗急救箱,终于,她在驾驶室的座位上找到了那个箱子。她打开箱子,里面有碘酒、绷带、纱布、缝合伤口的针线,但是却没有最关键的东西——手术刀,也没有麻醉剂和针头。

希尔弗几乎痛哭起来,难道命运真要将自己逼上绝路吗?为了孩子,她不能放弃希望! 终于,她在汽车仪表板的一个隔间里找到了一把切比萨饼的圆盘形状的刀子,然后,她闭上眼睛,竭力回忆当年目睹父亲做剖腹产的一些细节。

她知道,关键是要找准位置,其次是避免割到动脉,如果造成大出血,她是没有办法止血的。希尔弗将纱布准备好,用碘酒将刀子和腹部消了毒,然后咬紧牙用刀子划破肚皮,判断着腹部各器官的位置,最后,她小心翼翼地划破了子宫。

令希尔弗意想不到的是,先前麻木的下身此刻突然恢复了知觉,一阵阵撕心裂肺的疼痛向她袭来,她的双手浸满了鲜血,这是最关键的时刻,她告诉自己一定要挺住!终于,她摸到了那个温热的小生命,她赶紧将婴儿连同胎盘一起拉出体外。

"哇"——让人心颤的哭叫声顿时让这位鲜血淋漓的母亲激动得热泪盈眶。紧接着,希尔弗迅速用针线将子宫和腹部缝好,将纱布紧紧缚在腹部,又将婴儿的脐带割断、包扎好,她将孩子紧紧地抱在胸前,并用自己的衣服包裹好,随后因失血过多昏过去了。

五

前一天晚上,未能赶回家的杰佛给家里打电话一直无人接听,他赶紧给他们常去看病的医院打去电话,院方说他的妻子不在家。突然,他看到了厨房桌子上尚未食用的比萨饼。

杰佛又给比萨饼店里打电话,得知送货的小伙子也一直未回来。杰佛猜测,也许妻子因提前分娩而坐上了汉特的车,难道出了车祸?杰佛当即报警,警方连夜展开搜寻,但未找到任何线索。第二天,警方动用了几条警犬,到天快黑时,一条警犬终于找到了失事地点。

当搜救人员找到希尔弗时,她已昏迷快两个小时了。让所有人都目瞪口呆的是,在她浑身是血的怀抱里有一个小生命在蠕动。人们当即将母子俩送进医院,在医护人员的急救下,母子平安。

令人惊讶的是,希尔弗除了有一根脊椎受到创伤和身体虚弱外,其他都良好,她那条被压伤的腿居然也保住了。希尔弗一夜之间成了澳大利亚最著名的母亲。当记者问她是什么力量让她在危急关头采取如此勇敢的行动时,她说:"是母爱给了我力量。"

感恩提示
gan en ti shi

这是一份伟大的母爱。孕妇在就要生产时却遇上了车祸,虽然没有失去生命,但也不可避免地受了伤,并被困在一个荒无人烟的地方。在不断地努力却仍无法产下她的孩子后,她作出了一个让所有人都震惊的决定——她要为自己剖腹产。而更令人震惊的是——她成功产下孩子,并且母子平安。这一切一切都是那么的不可思议,那份母爱震撼了每一个人。

但细读之下,似乎也不难发出疑问:她真的能为自己剖腹产吗?也许这个手术对于手术台边的医生只是小菜一碟,并且有一个最重要的前提——那是对别人进行的。为自己剖腹产,恐怕连最出色的医生也没有什么把握,何况她只是当过一阵医生助手!在这么恶劣的条件下,她能把孩子产下来并且母子平安,这很难不令人怀疑。

也许这种疑问在正常情况下得到的答案都会是"不可能"。但别忘了,她的心中有母爱。母爱是发挥人的潜力的一种催化剂,在它的面前:Nothing is impossible!

母爱没有爱情来得绚丽,没有友情来得壮烈,甚至没有父爱来得强烈,它来得是那么平实,以致常常为我们所忽略,而直到失去时才会感觉到它的存在。因此,在我们还可以享受这种权利时,请珍惜,从倾听母亲的唠叨开始。

(梁文越)

我看着母亲那布满皱纹的脸，一句话也说不出来，父亲为了儿女们付出的太多太多了……

父亲的书

◆文/玉儿

我的父亲没有上过正规的学校，只上了几天私塾，但在我的心目中，父亲是个很有学问的人。

记得在我刚刚懂事的时候，看到父亲在晚上总是捧着一本比砖还要厚的书，借着煤油灯微弱的灯光痴迷地看。白天在地里干了一天的活，不管是多么疲劳，晚上看书这个习惯他从来都没有间断过。

每年一进入腊月，我们家乡的那个地方就开始猫冬了，这个季节是我们家里最热闹，也是父亲最高兴的时候。每天我们家的晚饭还没有吃完，家中就开始陆续来人了。早来的不用自己拿凳子，上了年岁的老头、老太太连鞋都不用脱，用手在鞋底子上抹擦两下，就直接上炕了。后边来的自己拿个小凳子。天还没有完全黑下来，我家的屋子里面就挤满了人。

父亲吃完饭，喝过一瓷缸茶水后，不慌不忙地打开他专门放书的箱子，拿出那本厚厚的书，翻看十几页后将书合上，就开始连续几个小时的说书。那时我还小，不知道父亲说的书叫什么名字，也不知道书里有什么好东西，每天晚上都吸引那么多的人来我们家听父亲说书。有时我出于好奇也听上几句，什么刘备、张飞、赵云什么的，长大后才知道，父亲说的那本书叫《三国演义》。

从我上小学的那天起，父亲就不再说书了。他对我们说："娃都上学了，再说书会影响娃们学习了。"那时候广播里开始播刘兰芳说的评书《杨家将》，它给我们村子里爱听书的人，减少了很多的寂寞。

我们家有四个孩子，我是老大，妹妹是最小的。

我们兄妹四个都相差两岁。在我上初中时，最小的妹妹也上了小学。我们在一起写作业时，父亲就捧着那本书看。我的作业最多，每次都是最后一个写完，父亲也一直陪着我写完作业才合上书。我从小学到高中，父亲的那本边已经磨得发白了的《三国演义》，也不知看了有多少遍了，但父亲每一次看时都是那么认真。

情·深·似·海·的·65·个·父·爱·母·爱·故·事·

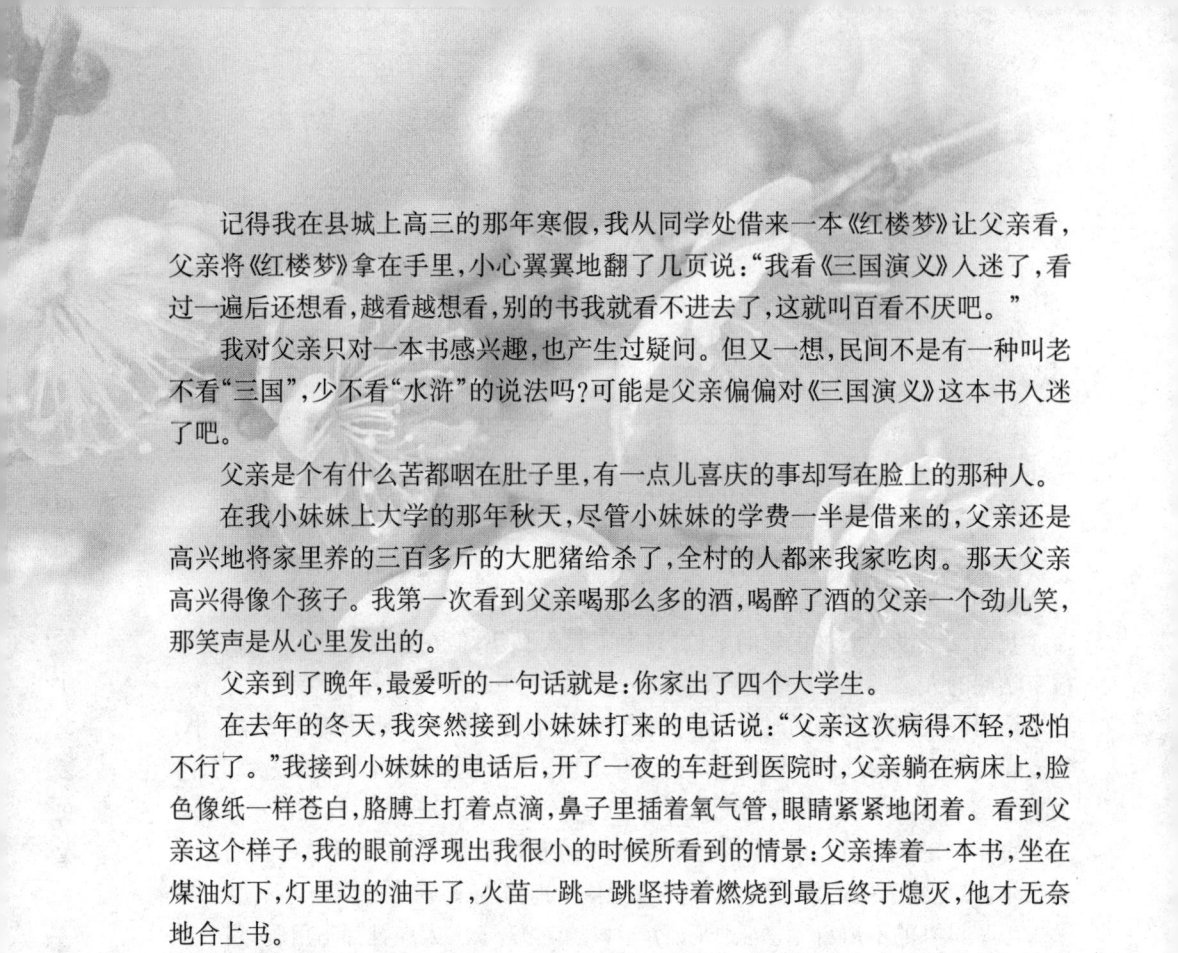

记得我在县城上高三的那年寒假，我从同学处借来一本《红楼梦》让父亲看，父亲将《红楼梦》拿在手里，小心翼翼地翻了几页说："我看《三国演义》入迷了，看过一遍后还想看，越看越想看，别的书我就看不进去了，这就叫百看不厌吧。"

我对父亲只对一本书感兴趣，也产生过疑问。但又一想，民间不是有一种叫老不看"三国"，少不看"水浒"的说法吗?可能是父亲偏偏对《三国演义》这本书入迷了吧。

父亲是个有什么苦都咽在肚子里，有一点儿喜庆的事却写在脸上的那种人。

在我小妹妹上大学的那年秋天，尽管小妹妹的学费一半是借来的，父亲还是高兴地将家里养的三百多斤的大肥猪给杀了，全村的人都来我家吃肉。那天父亲高兴得像个孩子。我第一次看到父亲喝那么多的酒，喝醉了酒的父亲一个劲儿笑，那笑声是从心里发出的。

父亲到了晚年，最爱听的一句话就是：你家出了四个大学生。

在去年的冬天，我突然接到小妹妹打来的电话说："父亲这次病得不轻，恐怕不行了。"我接到小妹妹的电话后，开了一夜的车赶到医院时，父亲躺在病床上，脸色像纸一样苍白，胳膊上打着点滴，鼻子里插着氧气管，眼睛紧紧地闭着。看到父亲这个样子，我的眼前浮现出我很小的时候所看到的情景：父亲捧着一本书，坐在煤油灯下，灯里边的油干了，火苗一跳一跳坚持着燃烧到最后终于熄灭，他才无奈地合上书。

父亲就像已经熬干了油的灯，留在世上的时间不会太长了。我的眼泪像断了线的珠子，止不住地落下来。

父亲慢慢地睁开了眼睛，他看到我站在床边，眼睛一亮，他张了几下嘴，想说什么，但没有发出声音。我俯下身子将耳朵贴在父亲的嘴边，父亲连说话的力气都没有了，但他仍然断断续续地说："狗……狗娃子，我没有给……你们留下值钱的东西，只给你……你们留下一本书。你……是他们的大哥，那本《三国演义》留给你……"

我看着父亲说出的每一个字都是非常吃力，我贴着父亲的耳朵说："您累了，休息一会儿再说。"在凌晨1点钟时父亲突然醒来，他睁开眼睛见我守在他的身边，眼睛里放出亮光，父亲示意我要坐起来，我慌忙扶起父亲并在他的后背垫上一个枕头，我看到父亲的精神头比白天好多了，脸色也出现了微微的红色。父亲的病，没有小妹妹在电话中说的那么严重。

我哪里知道，这是父亲的回光返照。

父亲用他那布满老茧的手紧紧地抓住我的手说，你那年给我借的那本《红楼梦》，我不是不爱看，而是我不认识字。《三国演义》这本书还是在我14岁的那年，

感
恩
父
母

我在一个煤矿当矿工,有一个说书的,他连续在那个矿里说了一个多月,我对照他说的故事,用了一年的时间将一本《三国演义》给顺了下来。这本书里有一大半的字我都不认识,我上私塾一共不到半年的时间,能识几个字呀?

我用疑惑不解的眼神看着父亲,父亲也看出了我眼神中的疑惑。

父亲休息一会儿说,你爷爷他就是死在不认识字上——这还是我第一次听到父亲讲到爷爷死的事情:

那年你爷爷给保长家扛了一年的活,在年初时就讲好了,年底给十块大洋。到年底时我们这一带发生了几起杀人、抢劫大案,上边下了严令,要警署限期破案。那个保长听到这个消息后给警察署长写了个纸条,让你的爷爷给警察署长送去。保长对你爷爷说,送完这个纸条后就发工钱。你爷爷高高兴兴地去了县里的警察署。警察署长看过纸条后脸色立刻就变了,当你爷爷转身要走时,警察署长大叫:抓住这个送上门来的强盗!一下子上来五六个警察将你爷爷按倒在地上。在你奶奶领着我去死牢里看你爷爷时,你爷爷被打得遍体鳞伤,说话已经非常吃力了,他说完最后一句话:儿子,你一定要上学识字呀!就永远地闭上了眼睛。

当时已经是孤儿寡母的我和你奶奶,继续上学是不可能的了,那时我就想,一定要让我的儿女上学识字,不能像我一样……

父亲的声音慢慢变小了,小得我再也听不到了。

处理完父亲的后事,就在我要返回省城的前一天晚上,母亲拿出父亲不知看过多少遍的《三国演义》,她还没有说话就已经是泪流满面了。我看着母亲那布满皱纹的脸,一句话也说不出来,父亲为了儿女们付出的太多太多了……

感恩提示
gan en ti shi

本文语言质朴,并没有精彩曲折的情节,但文章却有它的亮点——以情动人。

作者以《三国演义》这本书为明线,以父亲对儿子的爱为暗线,叙述父亲识字不多,但为了儿女幸福的未来,无论怎么的辛苦,也要让儿女念大学的故事。通过自身源于真实的认识,作者抒发了对父亲的真情实感,从而感动了读者,同时也感动了作者本人,真正做到了心灵对话,引起读者的共鸣。

思想情感是文章的灵魂,而真实是文章的生命。如"狗……狗娃子,我没有给……你们留下值钱的东西,只给你……你们留下一本书。你……是他们的大哥,那本《三国演义》留给你",这真实地反映出父亲在病危中仍然惦记着自己的儿女,担忧着他们往后的生活的无私的父爱;又如"当时已经是孤儿寡母的我和你奶奶,继续上学是不可能的了,那时我就想,一定要让我儿女上学识字,不能像我一样……"这都真实反映着父亲对儿女的爱。

这篇文章的成功,还在于它既写出了"父爱",也写了"爱父亲"。作者投入到一个儿子的角色,叙说着自己的真情实感,如"父亲就像已经熬干了油的灯,留在世上的时间不会太长了。我的眼泪像断了线的珠子,止不住地落下来。"这都是人性中最真挚的感情流露,作者真实的感情在文章的字里行间流露出来,展现于读者面前。

(陈 煌)

父亲就说:"你给我记清楚,你借我的钱,加利息有100多万。你回家一趟,就算还1万,少回家一趟,就加1万利息,你自己看着办吧。"

给父亲的借条

◆文/银 存

我16岁离开家。

从此,就没有惦记过回去。我天生不太念旧,母亲说我心狠,我也自以为是,我在过去的那十几年里真没把那间生养了我的屋子当回事,虽然里面有父亲和母亲。

26岁那年,我拿出十年的积蓄和丈夫注册了一家公司,没想到,就在丈夫坐火车去广州进货的途中,那凝结着我和丈夫十年汗水和泪水的钱被人给偷了。看着丈夫一脸落魄,靠在厨房的角落里闷头抽了一下午的烟,我不忍心再责怪他。公司已经开张了,而钱,没了着落。

从没有处心积虑地考虑过钱的我开始四处张罗钱。

周围的朋友,有钱的倒有几个,平时关系也不错,喝酒吃饭从来不会忘了我们,在一起拉呱吹牛那是经常的。麻将桌上更是张弛有度。本以为一个电话过去,就凭着平时的关系，区区几万块钱，还是小菜的。可是想象是美好的，现实是残酷的，应了我丈夫那句话："咱是小庙里的菩萨——不会有多少香的。"

确实，朋友之间是不能谈钱的，人家在电话那头支吾着，我就是傻子，也知道那是推辞。

这时，窗外的天是暗的，就快夜了。

半夜里，听风从窗外呼啸而过，刮得顶上的遮阳棚呼啦啦地响，和衣躺在床上，毫无睡意。想遍了周围的人，思量过后怕被再拒绝，实在丢不起那个脸了。最后只剩一条活路了——回老家问父母借。

第二天，搭上了回家的车，一路颠簸到街上，然后步行 4 公里，乡间的土路雨天是泥泞，晴天是灰尘。没心情搭理村头狗的狂吠，也没心情欣赏田野里农人收割的喜悦。等我到了家门口，已是蓬头垢面。门开着，但家里没有人，隔壁婶子告诉我，爸爸和妈妈在田里割稻子，要到中午吃饭的时候才回来。婶子说父亲临走的时候吩咐，要她等太阳出来的时候把我家的稻子担出来在场地上晒。婶子扬起簸箕，给我垒了小小的一担，我上肩，却怎么也挑不起来。婶子朝我笑笑，一窝身，挑到肩上，那边，我跟上去，把担子里的稻子扬到场地上。婶子说："你们现在的年轻人，肩膀嫩得很啦。"我心头一丝羞愧。

我问婶子："这几年的生活可好？"婶子笑笑答："还好。"

我揪着的心放下了一半。

晚上，母亲特地为我做了几个不错的小菜，父亲拿出我带回来的白酒，破例，父女俩对饮了几杯。饭后，母亲借口串门出去了。父亲盘腿坐在凉床上，架起水烟，呼噜了几口，然后望望我："说吧，啥事？"

父亲太了解我了。

我坐在那里，望了望父亲，父亲已经老了，黝黑，干瘦，脸上橘子皮似的皱纹向下耷拉着，眼角有几道深深的沟，一直朝太阳穴的方向隐去。头发还是那么短，不过是白的多，黑的少，昏黄的灯光把他佝偻的影子在墙上勾勒得老长，老长……

父亲又用烟锅点了点我，有点儿不耐烦："说吧。"

我低头瞅着自己的脚尖。这么多年了，从来没向父亲开过口。总以为他把我养大已经不易，他都这么老了，我怎么再好意思开口？

我对父亲说："没事。就回来看看你。"

"有啥事就说，别闷在心里。啊，我还没死，啥事还能替你做主。"

"没事，就是好多年没回来，实在想看看你们，你别想岔了。我能有啥事啊？"

父亲又吸溜了一口，说："那好，多住几天吧。"

借口想出去转转，从家里逃了出来。到无人处，拿手机给丈夫打了个电话，告诉丈夫,我实在没办法向父亲开口。电话那头,半天没声音……

我又拨了个电话给婆婆,平时,她最疼她的儿子。现在她儿子遇到这点儿挫折,我想婆婆不会拒绝吧?电话打通,刚和婆婆说到丈夫的钱被偷了,婆婆那头就说起了现在他们老两口子生活多么困难啊,况且我们已经分家另住了,还有就是手头有两个钱也要防老啊之类的。孩子在她那放着,又没有收我们生活费啦。我没敢再开口,轻轻合上电话。

用袖子擦干不争气的泪,回转身,父亲就站在我身后……

至今,农村人还有个习惯,把现钱全藏家里。

母亲从缝着的枕头里面拆出来厚厚的一大叠票子,父亲蘸着口水一张张点着,100块放一堆,50块放一堆,然后是20块、10块、5块、2块、1块还有许许多多的毛票。终了,他把自己衣服口袋里仅余的几块钱也给添了进去。我给他拿笔记着,一共是24639.4元。母亲拿过来一块头巾,把一堆钱裹了进去,塞进我皮包里。父亲说:"娃,我就这么多了,你先拿去,剩下的,你俩也别着急,过几天我就给你送去。我还当是什么烦人事,不就是缺俩钱么,你老子没死,凭着张老面子,会有办法的。"

第二天,我告别父亲,回城里。

以后的两天里,我和丈夫一筹莫展,我不知道父亲能给我多大的期望,虽然他说得轻松,但是5万块钱,对个大字都不识几个的老实巴交的农民来说,能是个小数目吗?

两天后的下午,父亲来了电话:钱已经借到了,一共3万块,托村口的二伯给带了来,只要去汽车站拿了就行,自己就不过来了,路费得花上好几块,不划算。

如今,这么多年眨眼就过去了。父亲也越发老了。春节前头,和父亲商量,搬到城里和我们一起住,父亲摇头,说乡下清闲、自在,还有帮老乡亲。

过年的那几天假期里,我埋头在父亲的老屋帮他收拾东西,把他拾掇来的东西放整齐,不经意打开那积满灰尘的大箱子,却发现,箱底压着好几张借条,都已经泛黄了。忙问母亲家里还欠谁的钱,母亲呵呵一笑,说:"这不还是当年你要钱的时候,你父亲问人家借的。后来,你们把钱还了,人家也把借条给你父亲了。你父亲就收了起来,你们不经常回来,你父亲有时候就念叨。人家外人说你对我们不好,你父亲就说:'咋不好呢,她生活难着呢,这不,当年还借了我这么些钱。等她日子好了,自然就回来了。'"

我忙背对母亲,抹去眼角的泪水。

这就是我的父亲,这么多年了,我没给过他什么,甚至他想念儿女的时候,也就是把当初的借条拿出来在他的那帮老兄弟面前炫耀一下,说明他的孩子还记挂着他,至少还会求到他。这就是一个做父亲的伟大。

我拿起笔,郑重地在父亲的借条后面又加上:今女儿借父亲壹佰万元整,用下半辈子对他和母亲的呵护来还。然后折叠起来,依旧放回原先的地方。

我对母亲说:"我以后每个礼拜都会回来看你们的。"

母亲说:"别常回来,我们会厌你的,工作重要啊。"转瞬又说:"若是有空,那就回来。"

我笑笑,走出里屋,对正在门口和邻居唠嗑的父亲说:"妈让我以后别回来。"

父亲说:"啊?我这就找她算账去……"

我站在门口看着,笑着,很心安。

后来,和父亲闲谈的时候说起借条的事,父亲说:"那时候,本以为你心狠,不要我和你妈了,后来你回来,即使是借钱,我也觉得好,至少,你还是我的女儿,你为难的时候还能想到我这个当父亲的,还会想到你有这个家。保留那些借条,是自己安慰自己啊,怕你还了钱以后,又像以前一样没了踪影了。那些借条,让我和你妈还有个念头,还有个期望。别的不求,只期望你心里还有我们。"

现在,有时候单位加班,礼拜天回不了家,打电话给父亲。父亲就说:"你给我记清楚,你借我的钱,加利息有100多万。你回家一趟,就算还1万,少回家一趟,就加1万利息,你自己看着办吧。"

我要还父亲的债。我庆幸给了父亲100多万的希望,也希望他把利息涨高点儿,以后,我没饭吃的时候,天天去他那儿还债,还顺便带着孩子丈夫一起去蹭饭。

感恩提示
gan en ti shi

亲情是无价的!这是一种血浓于水的情感。

文中的"我"自从出嫁后就极少回娘家探望,女大不由娘啊,嫁出去的女儿就像泼出去的水,回报是极少的!而"我"的行为刚好就印证了这一说法。

直到有一天,公司已经开张了,而钱被偷后走借无路时,我才想起了娘家,才想起了父母。"我"因担心父母生活而不好意思回去借钱,但是父亲却毅然拿出了毕生的积蓄给了"我",还帮"我"借了3万块。就一个老实巴交,大字也不多识一个的农民来说,"我"认为是不大可能在这么短时间内拿到这么多钱的,但父亲却做到了!读毕,一种深沉而伟大的父爱和一种血浓于水的亲情深深地感动着我。一个老实巴交、慈爱伟大的父亲形象跃然纸上。

之前,"我"虽作为一个女儿但并不念记那个已离开多年的家。但自从那次借钱事件后，"我"对家的感觉有了质的改变。

多年后，当"我"从母亲口中得知父亲因维护自己的女儿而将那些借条完好保留并不时向外人夸耀时，"我"的内心是十分内疚与感动的。一个父亲表面刚强而内心却是对子女深切想念的无奈行为，深深地刺痛着"我"的心。由此，"我"写下了欠父亲壹佰万元整的借条，并决意要还父亲的债。此后经常带着孩子丈夫一起回去探望父母，深深地表达了对父母亲的无限感激之情。所有的这些改变都是由于这份深沉的父爱的感化！

人间纵有真情在，这篇文章就体现了亲情的无价，颂扬了人间亲情的美好！

（莫文英）

父亲在自尽前一定经历过太多沉痛的思索。他是为了儿子才这样做的，他不想儿子因为有一个艾滋病的父亲，从此在人前抬不起头来。

父 爱 如 山

◆文/雨 蝉

罗阳接到村长打来的电话，连忙往车站赶。村长说父亲病了，如果不是很严重，父亲是不会让别人打电话叫罗阳回家的。父亲总是要他一心学习，家里的事别管，天塌下一切有他顶着。上大学三年以来，罗阳这是第二次学期中途回家，第一次是母亲去世。

近来右眼皮一直跳个不停。昨晚在咖啡厅还不小心摔碎了杯子，尽管老板娘没说什么，罗阳还是让她在这个月的工资里扣钱。自己做错的事就要承担责任，父亲从小是这样教罗阳的。

父亲是一个地地道道的农民，一生没离开过那穷山山，穷沟沟，所见过的最大的城市也就是县城。罗阳的爷爷生前是伪保长，因为做过不少的坏事，解放后被共产党镇压了。当时奶奶挺着七八个月大的肚子，把爷爷草草葬了。

两个月后，父亲呱呱坠地。奶奶总算是给老罗家续上了一脉香火。奶奶是最后一代裹足的妇女，那三寸大的"金莲"让孤儿寡母吃过不少的苦头，也挨过常人没挨过的饿。父亲10岁就开始随大人一起下田地做农活，12岁那年，奶奶踮着"三寸

"金莲"般的足，战战兢兢地去山上拾柴禾。结果摔断了脊柱，落得个半身不遂。父亲除了每天出工，还得找时间回家照料老娘，半年后，奶奶受不了病痛的折磨，也不忍心拖累儿子，一把剪刀结束了自己的生命。到父亲发现的时候，奶奶身上的血早已流干了。12岁的父亲在村里人的帮助下，砍回几棵松树，为母亲做了一副棺材，葬在了他未曾谋面的父亲旁边。

因为家里穷，加之出身不好，父亲到22岁才得一大婶的说媒，娶了外村一个常年卧床不起的孤女子为妻。那就是罗阳的亲娘。罗阳懂事了，就知道母亲自做姑娘时就患有严重的风湿病，大多数时间都躺在床上。有了小罗阳以后，父亲肩上的担子更重了，既当爹又当妈的，忙完了外头的活，回家还要伺候妻儿。可是父亲从来没有怨过。儿子一天天长高，母亲的病更严重了，多处关节已严重变形，身子越来越佝偻，下床的时候更少了。罗阳在父亲的教导下，很小就知道做饭洗衣等家务事。

最让父亲开心的是罗阳一直书念得好，小学五年里，年年被评优秀学生，三好学生。小学毕业，又考上了县重点中学。父亲一直节俭地过着日子，一分一分地积攒着罗阳的学费。每逢假期，罗阳也会去15里地外的小镇上帮人打短工挣点儿学费。

六年的中学生活很快过去了，罗阳考上了武汉大学。接到录取通知书后的罗阳，两天都没敢告诉父亲。他知道家里的底细，这么些年来，全靠父亲一人支撑着这个家。罗阳要上学，母亲还要治病，这个家里唯一值钱的东西就是那台14英寸的黑白电视机。那还是父亲怕母亲一人呆在床上闷，花50块钱从别人手上买下来的。如今那几千元的学费对于他来说不亚于一个天文数字。谁知那天父亲做工回来后，乐得合不拢嘴："阳儿，我今天在镇上遇见你班主任了。他说你被武汉大学录取了。怎么，前天你去学校没拿到通知书吗？"

"爹，我……我们家……"罗阳支支吾吾地。

父亲过来拍拍儿子的肩膀。"好儿子，是怕家里没钱供你上大学是吧？不管怎么说，父亲就是砸锅卖铁，讨饭，也要让你去上大学的。"

这以后的一个多星期里，父亲天天早早地起床了。嘱咐罗阳在家照顾母亲，就扛着一扁担，拿着柴刀上山去了。父亲砍回一担又一担的野竹子，那种野竹子在山上、田地埂上到处都有。以前砍的人多，现在年轻人都外出打工挣钱了，家里剩下的大多是老人和孩子。这野竹子也就越长越茂盛，到处一丛一丛的。不几天的工夫，父亲就砍回一大堆，他白天在外砍，晚上回家后就将竹子削净枝叶，扎成一捆一捆的。

有一天来了一辆拖拉机，把竹子全拉走了，父亲得了800元钱，喜得乐不可

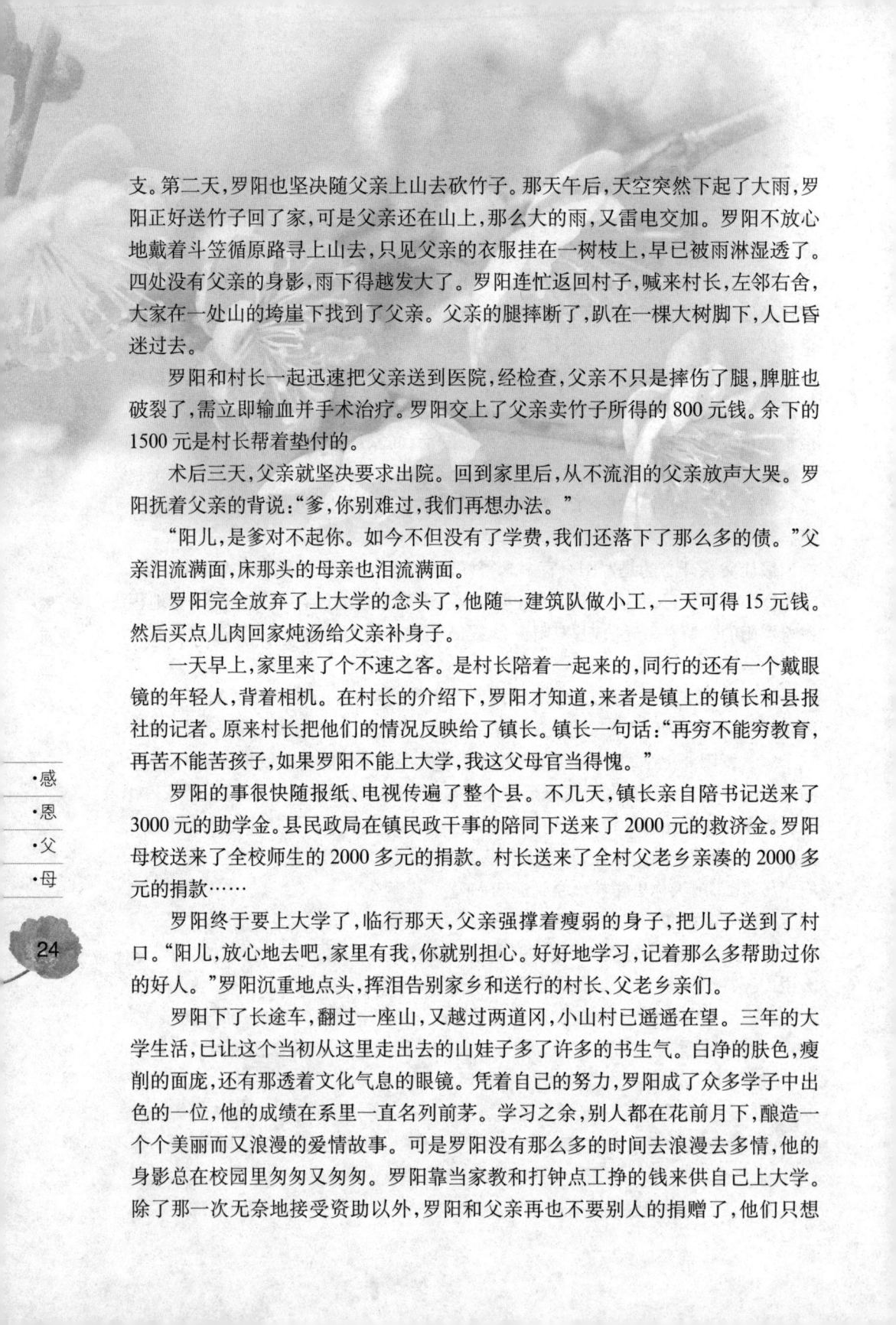

支。第二天，罗阳也坚决随父亲上山去砍竹子。那天午后，天空突然下起了大雨，罗阳正好送竹子回了家，可是父亲还在山上，那么大的雨，又雷电交加。罗阳不放心地戴着斗笠循原路寻上山去，只见父亲的衣服挂在一树枝上，早已被雨淋湿透了。四处没有父亲的身影，雨下得越发大了。罗阳连忙返回村子，喊来村长，左邻右舍，大家在一处山的垮崖下找到了父亲。父亲的腿摔断了，趴在一棵大树脚下，人已昏迷过去。

罗阳和村长一起迅速把父亲送到医院，经检查，父亲不只是摔伤了腿，脾脏也破裂了，需立即输血并手术治疗。罗阳交上了父亲卖竹子所得的 800 元钱。余下的 1500 元是村长帮着垫付的。

术后三天，父亲就坚决要求出院。回到家里后，从不流泪的父亲放声大哭。罗阳抚着父亲的背说："爹，你别难过，我们再想办法。"

"阳儿，是爹对不起你。如今不但没有了学费，我们还落下了那么多的债。"父亲泪流满面，床那头的母亲也泪流满面。

罗阳完全放弃了上大学的念头了，他随一建筑队做小工，一天可得 15 元钱。然后买点儿肉回家炖汤给父亲补身子。

一天早上，家里来了个不速之客。是村长陪着一起来的，同行的还有一个戴眼镜的年轻人，背着相机。在村长的介绍下，罗阳才知道，来者是镇上的镇长和县报社的记者。原来村长把他们的情况反映给了镇长。镇长一句话："再穷不能穷教育，再苦不能苦孩子，如果罗阳不能上大学，我这父母官当得愧。"

罗阳的事很快随报纸、电视传遍了整个县。不几天，镇长亲自陪书记送来了3000 元的助学金。县民政局在镇民政干事的陪同下送来了 2000 元的救济金。罗阳母校送来了全校师生的 2000 多元的捐款。村长送来了全村父老乡亲凑的 2000 多元的捐款……

罗阳终于要上大学了，临行那天，父亲强撑着瘦弱的身子，把儿子送到了村口。"阳儿，放心地去吧，家里有我，你就别担心。好好地学习，记着那么多帮助过你的好人。"罗阳沉重地点头，挥泪告别家乡和送行的村长、父老乡亲们。

罗阳下了长途车，翻过一座山，又越过两道冈，小山村已遥遥在望。三年的大学生活，已让这个当初从这里走出去的山娃子多了许多的书生气。白净的肤色，瘦削的面庞，还有那透着文化气息的眼镜。凭着自己的努力，罗阳成了众多学子中出色的一位，他的成绩在系里一直名列前茅。学习之余，别人都在花前月下，酿造一个个美丽而又浪漫的爱情故事。可是罗阳没有那么多的时间去浪漫去多情，他的身影总在校园里匆匆又匆匆。罗阳靠当家教和打钟点工挣的钱来供自己上大学。除了那一次无奈地接受资助以外，罗阳和父亲再也不要别人的捐赠了，他们只想凭自己的努力来完成罗阳的学业。

春节回家,罗阳发现母亲走后,父亲比以前衰老了许多,身子也明显地消瘦下去。可是父亲否认自己有不舒服的感觉。罗阳也只好默默地关心着,近两年,他一直不让父亲给他生活费,每次回家,他都会攒够下学期的费用给父亲看,这样父亲才会真正地放下心来。

三年的大学生活,罗阳过着一种凤凰涅槃般的日子。可是他感觉很开心,很充实。其实生活中如果少了许多的拼搏,他会感觉索然无味的。

才进村口,村长就得到明眼人的通报迎了出来:"罗阳,回来了啊!"

"是的,村长,我爹怎么了?"罗阳摘下眼镜抹了一把额上的汗水。

"回家喝口水再说吧,看你累的。"村长慈爱的眼光让罗阳心里暖烘烘。这是一个好人,日后有机会我一定要报答他。

村子里的人随着罗阳往那三间瓦房子聚集。还没进门,罗阳就呆了,屋檐上醒目的白山灰让他的心一下子吊上了半空。山里长大的孩子都知道,这种灰是用来和死者一起装棺的。他三两步跨进家门,堂屋里一张竹床上躺着他的父亲,一动不动地躺在那里。一如当年的母亲,消瘦的脸上透着青光,这哪是往日见着儿子喜笑颜开的父亲啊。罗阳的眼前一黑,被村长和旁人扶住了。

好一会儿,罗阳扑到父亲身上,"爹啊,你怎么了?怎么回事啊我的爹?"罗阳哭得天昏地暗,旁人没有一个不流泪的。父亲冰冷而又僵硬的身躯在罗阳的怀抱中摇晃。原本闭得紧紧的双眼竟睁开了很大的缝。几位老人和村长拉开了罗阳:"阳儿,你不能再哭了,看把你爹的眼睛都哭开了,孩子。"

山村里有一风俗,如果死者不闭眼的话,就不能投胎转世。这是人们最忌讳的。一老爹递过一炷香:"孩子,给你爹上炷香吧,让他闭上眼,安心地走好。"

罗阳就着供桌上的菜油灯点燃了香,烟雾在他的眼前飘散开。罗阳向父亲重重地磕了三个头,把香插在灰筒里。又按老人们的指点跪至父亲身边,伸手去抚父亲的双眼。罗阳抬起手,轻轻地,像怕惊醒了熟睡的父亲一般,温热的手心抚过父亲那冰凉、毫无表情的面庞。父亲的眼睛居然紧紧地闭上了,旁边的人都吁了口气。

罗阳几次问及父亲的死因,大家都避而不谈。直到父亲入土为安以后,那天晚上,村长在昏黄的灯光下告诉了罗阳一切。

那是一个月前,全国上下都搞献爱心献血的活动,当时村子里分了五个名额。村长回村后召开群众大会,动员大家义务献血,谁知道人们都不理解这种行为。大会都开过三天了,也不见有人自愿报名。正在村长一筹莫展之际,父亲主动找上门来报了名,并游说村子里另几位身强力壮的村民。那天抽血化验的时候,也是父亲第一个捋起衣袖。这几年，他一直念念不忘大家对自己家的帮助，一心想为人们做点儿什么。谁知道他的血最后检验不合格，他还沮丧地直叹息。

可是，七天后，县防疫站的人找到了父亲，并把他带走了。父亲回来后，村民发现他变得不言不语了。大家都议论纷纷，村长于是找他谈心，他也闭口不言。谁知三天后，父亲竟主动找上了村长，告诉他：那次检查，自己的血液里查出了HIV，这是一种不治之症。村长劝他别太着急，慢慢想办法。第二天，村长就出山去了防疫站，他不相信这个结果，但是工作人员告诉他，这是真的，因为父亲三年前输了不洁的血，所以感染上了HIV。

村长回家后又一再给父亲做思想工作，还说现在的医疗技术高，一定会有办法治疗的，谁知道没几天过去，父亲就自寻了短见。父亲不会写字，只在前一天晚上找上村长，说了一通这种病会给儿子带来的影响之类的话，村长以为他是心里太紧张又想儿子的原因。谁知道第二天，发现他已喝农药自尽了。

罗阳一直沉默着，默默地流泪听完了村长的叙述后，没有多说什么，但是他明白父亲的良苦用心。父亲在自尽前一定经历过太多沉痛的思索。他是为了儿子才这样做的，他不想儿子因为有一个艾滋病的父亲，从此在人前抬不起头来。他也知道在这个社会上，唾沫是可以淹死人的。他还知道这种病是没法治的，起码现在还没有办法治疗。于是为了罗阳，他选择了死亡这条不归路。

按当地的风俗，罗阳在父亲的"头七"请来了道士，为父亲做了一场法事，全村的老人都来帮忙。第二天，罗阳一早再一次来到父母的坟墓前，面前那一堆黄土下，躺着他至亲的父母亲。想起村长转述的父亲的话："村长，我儿罗阳不只是我们家的骄傲，也是我们这个村子的骄傲，我不能毁了他啊！"

罗阳的泪不停地滴在面前的黄土上，黄土湿润了一大片。父母亲，你们在天有灵的话，一定要常伴儿子左右。

母亲，天堂里一定没病痛的缠绕。

父亲，天堂里一定没有HIV的困扰。

罗阳不停地磕头，一直不停地磕头……

26

感恩提示
gan en ti shi

鸟儿图哺恋栖枝头，小流奔腾汇归大海。最动人的情感往往来自真实无华的生活。《父爱如山》这篇小小说平淡从容，无需感动，无需言语，悲欢离合，总归一个"情"字。

母爱似涓涓流水,春风沐人,沉稳温婉。罗阳自幼缺乏母爱,父亲成为他人生启蒙和引导者,在蹒跚学步的时候,父爱为他扫平路上的崎岖;在即将成人的瞬间,父爱用一双布满老茧的手按在他的肩头,传达给他信心和责任的嘱咐。更是父亲,用两只从清澈变成浑浊的眼睛,用生命,告诉了他生命已经传递,血肉已经继承,父爱已经延伸……

父爱没有绵长的柔情,没有体贴的温馨话语,不是随时可以带在身边的一丝祝福,也不是日日夜夜陪你度过的温度。父爱是一滴泪,一滴包含温度、概括了全部语言的泪水;父爱是一汪水,深藏不露;父爱是一座山,高大威严;父爱更是一双手,抚摩着我们走过春夏秋冬。

"如果爱可以重来,我还是你手旁——那个乖巧的男孩;如果再做一次彩排,我愿意为你擦去额头的汗珠。"

山高水长,父爱如山,语言的感谢是无法回报的。

(龚 卓)

情·深·似·海·的·65·个·父·爱·母·爱·故·事·

"我知道危险,搞了半辈子力学,我怎么能不懂这个呢?只是在那时,只有爱,没有力学。"

父爱没有力学

◆文/李雪峰

这是一则发生在我身边的真实故事。

他是一个研究力学的专家,在学术界成绩斐然,他曾经再三提醒自己的学生们:"在力学里,物体是没有大小之分的,主要看它飞行的距离和速度。一个玻璃跳棋弹子,如果从十万米的高空中自由落体掉下来,也足以把一块一米厚的钢板砸穿一个小孔。如果是一只乌鸦和一架正高速飞行的飞机相撞,那么乌鸦的身体一定会把钢铁制造的飞机一瞬间撞出一个孔来。"

他说:"这种事在前苏联已经屡次发生过,所以我提醒大家注意,千万别抱幻想把高空掉落的东西稳稳接住,即使是一粒微不足道的石子!"

那一天,他正在实验室里做力学实验,忽然门被砰的一声推开了,他的妻子惊恐万分地告诉他,他们那先天痴呆的女儿爬上了一座四层楼的楼顶,正站在楼顶边缘要练习飞翔。

他的心一下子就悬到嗓子眼,他一把推开椅子,连鞋都没有来得及穿就赤着脚跑出去了。他赶到那座楼下的时候,他的许多学生都已经惊慌失措地站在那里。他的女儿穿着一条天蓝色的小裙子,正站在高高的楼顶边上,两只小胳膊一伸一伸的,模仿着小鸟飞行的动作想要飞起来。看见爸爸、妈妈跑来了,小女孩欢快地叫了一声就从楼顶上起跳了。很多人吓得"啊"的一声连忙捂住了自己的眼睛,他的很多学生紧紧抱住他的胳膊。看到女儿像中弹的小鸟般正垂直落下,平时手无缚鸡之力的他突然推开紧拉他的学生们,一个箭步朝那团坠落的蓝色云朵迎了上去。

"危险——"

"啊——"

随着一声惊叫,那团蓝云已重重地砸在他伸出的胳膊上,他感到自己像被一个巨锤突然狠狠砸下,腿像树枝一样"咔嚓"一声折断了,眼前一黑就什么也不知道了。

他醒来的时候,已经躺在医院的抢救室里两天了。他的脑子还算好,很快就清醒了,可是下肢打着石膏,缠着绷带,阵阵钻心的疼痛让他忍不住倒抽冷气。他那些焦急万分的学生们对他说:"你总算醒过来了,你站在高楼下面接孩子实在太危险了,万一……"

他笑笑,看着床边自己那安然无恙的小女儿和泪水涟涟的妻子说:"我知道危险,搞了半辈子力学,我怎么能不懂这个呢?只是在那时,只有爱,没有力学。"

爱没有力学。在爱里,除了一种比钻石更硬的爱的合力之外,再没有其他力学。爱是灵魂里唯一的一种力。

感恩提示

gan en ti shi

关于父爱,人们的发言一向是节制而平和的。母亲的伟大使我们忽略了父爱的存在和意义,父爱是一种羞于表达的,疏于张扬的,却巍峨持重的爱。

"爱没有力学。在爱里,除了一种比砖石更硬的爱的合力之外,再没有其他力学。爱是灵魂里唯一的一种力。"是伟大的父爱,爱的合力使一个手无缚鸡之力的父亲在先天痴呆的女儿从楼顶像中弹的小鸟般垂直落下,学生们紧紧抱住他的胳膊的时候,突然推开紧拉他的学生们,一个箭步朝那团坠落的"蓝色云朵"迎了上去,用自己结实的胳膊将女儿抱在怀里……他曾再三提醒他的学生们:"千万别抱幻想把高空掉落的东西稳稳接住,即使是一粒微不足道的石子。"但伟大的父爱让他抱着幻想,把女儿接在怀里。"我知道危险,搞了半辈子力学,我怎么能不懂这个呢?只是在那时,只有爱,没有力学。"这便是他对女儿的爱最好的诠释。本文虽然没有多少华丽的词藻,但它成功地塑造了一个感人的父亲的形象。让那如山般为子女抵挡一切风雨的父爱,真真切切地展现在读者面前。

　　每个父亲都爱自己的子女,虽然父亲总会以严肃的目光教育我们,以严厉的声音责备我们,但父亲给我们的爱是穿越了时间与空间的。我们要从现在开始好好珍惜回报这份没有力学的父爱,不要等到失去才后悔。

(黄 琼)

　　父亲啊父亲,我知道,你一直对我隐藏着自己的父爱,这些年来,虽然你很少关心过我,呵护过我,但我相信,你一定是爱我的。

父 爱 无 形

◆文/刘东伟

　　那天,天气不太好,凌晨便下起雨来。我赶到省立医院时,姐姐和爸妈早已到了。姐姐说父亲刚拍了片,正在等结果呢。

　　半小时后,结果出来了。当大夫拿着化验报告单向我们走来时,突然一道闪电从窗外射进来,接着是一声沉闷的雷声,我觉得这不是一个好的征兆。

　　果然,化验结果是肺癌!

　　不知为什么,面对这突来的不幸,望着晕倒的母亲和惨然变色的姐姐,我心头竟有一种报复的快意泛出。

　　大夫走到我面前,让我在手术单上签字。我指着一旁悲痛欲绝的姐姐说:"你找她吧,我可做不了主。"姐姐抹一把泪水,双手紧握住大夫的手,恳求道:"大夫,请你无论如何也要治好我爸爸……他这一生太不容易了,我们不能没有他啊。"

　　大夫用手拍了一下姐姐的肩膀,说:"你们放心,治病救人是医生的本职,我们一定会尽力的。"

　　下午,父亲上了手术台。手术的时间很长,母亲因为体弱多病,留在旅馆。我和姐姐在手术室外候着。姐姐不时地从门缝中向内观看,还双手合十祈祷着什么。我斜坐在走廊的连椅上，许多往事浮上心头。

那时，我们一家还在东北，姐姐刚升了初中，但我知道，她学习很笨的，怎么能考上初中？村子里有位优秀的老教师，他非常喜欢聪明伶俐的我。一天，我去他家里玩，他摸着我的头说，你姐姐要是有你一半的聪明就好了。我平时看不起姐姐，总觉得她笨头笨脑的，从不和她玩儿。于是我说："但人家却考上了初中。"老教师眼睛一眨，问我："你也以为姐姐是考上的？""难道不是吗？"我脑子一转，很快又说："我也奇怪呢，她是不是走了后门？"老教师赞许地看着我说："你猜对了，你姐姐的成绩差了40多分，是你爸托我找的人，那个中学的校长是我同学，很给我面子啊。"我一听，就更看不起姐姐了。

晚上，我和姐姐一起在灯下做作业，姐姐突然被一道题难住了，她抓耳挠腮半天也没想出来。我忍不住讽刺她："不要脸，自己没本事上什么初中，怎么不留级啊？"姐姐红着脸说："是咱爸让我念的。"我说："爸让你念你就念啊，你不觉得丢人吗？这次中考考了多少，是不是倒数第一？"姐姐辩解地说："是第57名。"我说："你班有多少学生啊？"姐姐说："57个。"我哈哈讥笑："这还不是倒数第一吗？"姐姐羞得满脸通红，突然眼球翻白，从椅子上栽倒在地。爸妈听到动静跑进来，妈妈使劲地掐着姐姐的人中。爸爸忙跑出去喊村里的大夫。大夫来了后，给姐姐打了一针，姐姐才渐渐缓了过来。

那夜，父亲打了我。我不明白他为什么对我发那么大的火。而他从来就没有打过姐姐，甚至连一句大声的训斥也没有。他每次下班后，总是要把姐姐揽在怀里，关切地问候几句。我想起平常他和妈妈对姐的疼爱，再想想自己，总觉得很委屈。

从那时起，我便对父亲有了一股怨恨，我觉得他太偏心。我一直弄不明白，他为什么对我和姐姐不一样？

后来，大约是我念初中的时候，偶尔从父母的对话中偷听到了一件意想不到的事。本来像我这么大的孩子，是都要读书的，但家里因母亲久病在身，常年需要吃药，经济条件极差，所以父亲就断送了我的求学路。那天，我和姐姐刚从街上回来，一进家门，就听到父亲在里屋大声说："干脆不让二丫念了，叫她在家帮你干点儿活。"母亲叹声说："咱们虽只有一个亲骨肉，但不能太偏向哪个啊，一定要让她们像亲姐妹一样。"

我心里反复琢磨着母亲的话意，突然明白了，原来我们不是亲姐妹，原来我……我不是亲生的，怪不得他们对我和姐姐一直不一样。一时，委屈、悲愤、孤独万般滋味涌上心头。我扭头向外跑去，沿着大街一路狂奔，直到华灯初上，我才拖着疲惫的身子回到家里。

初中毕业，我们一家迁回了山东老家。我主动放弃了学业，一半原因是母亲需要照顾,一半原因是家里经济条件有限,难以供应两个高中生。我看懂了父母眼神中的语言,我不想让他们为难,心知他们迟早也要提到这件事,我何不给他们个痛快!可笑的是姐姐并不是他们眼中的"凤",她并没有"飞"起来。她辜负了爸妈的殷切期望。父母见姐姐仕途无成,便开始东奔西走给她找工作,找完工作又找婆家。后来便给她找了个小木匠嫁了,做了只只会"下蛋"的"母鸡"。可是我,我只比姐姐小两岁啊,难道我就不需要工作?不需要嫁人?

"吱呀"一声,手术室的门开了。姐姐那一声期待已久的"啊"然大叫,把我往事的回忆击碎。我把思绪拉回现实,只觉得胸前冰凉,低头一看,衣襟全湿了。我抹一把眼颊,才发觉自己哭了。但我不是为父亲的患病哭的,那是我想及身世的酸楚的泪水。

医生说手术正常。医生的话很让姐姐宽慰,我却或多或少有些失望,难道我在诅咒父亲吗?我不敢承认,但也不想否定。

从此,父亲便与医院结下了不解之缘。为了让父亲活下去,家里将积攒了多年的积蓄拱手送给院方。以后的日子简直有些单调而无味,放疗——化疗——放疗——化疗!

姐姐却整天忙得不可开交,不是求医问药,就是为筹钱奔波。几个月下来人黑了两色,瘦了两圈。有一次,我说,姐,我几乎认不出你来了,你要是再罩上一条毛巾,一准和乡下佬差不多。是么?姐姐愕然,有这么夸张吗?说着到镜子前一照,轻"啊"了一声,说,还真的,我都快不认识自己了。

父亲的样子比姐姐还滑稽,颧骨高高的,头发因化疗早已掉光了,若不是眼珠子还在转悠,活像一颗骷髅。一看到他的样子,我就忍不住想笑。我一想笑,姐姐就挡在我前面。我"哼"了声,心想,我就是要笑给他看的,你挡着干啥,怕刺激他吗?

的确,父亲受的罪够大的,想必那化疗、放疗的滋味不好受,手术时,在走廊里都能听到他痛苦的呻吟。且化疗后的一两天内,受药物的刺激,常伴有剧烈的恶心与呕吐。每看到父亲捂紧肚子卧在床上的样子,我就莫名有一种兴奋。但我还是不敢太放肆了,于是把目光挪开,去欣赏窗外草坪上的红花绿草。

父亲在住院期间,基本上是姐姐照顾的,姐姐忙里忙外,好像从不知什么叫疲倦。晚上,我蒙眬醒来,常看到她静静地坐在床前,有时还握着父亲的手,把它放在自己的心口上。我几乎要被她父女之间的真情感动了,也越发不能忍受被冷落的滋味。初秋的风从窗口悄然掠进,姐姐给熟睡的父亲掖了下被角。我缩在角落里,下意识地抱紧双颊。

姐姐跑前跑后的,虽没感动我,却让与父亲同病房的一位"难友"大发感慨:多好的闺女啊!父亲这位"难友"早进来几天,他只有一个远房的侄子照顾,且那家伙又不勤快,就无怪他羡慕父亲了。

半年之后,父亲的病稳定了下来,于是出了院。我在老家待了几天,见父亲已能照顾自己,便托故回到乐陵。姐姐仍不放心,就留在老家平原。

因为给父亲看病,姐姐荡尽了所有家财,甚至还"牵"了一屁股债。那天,还下着雨吧,我正在家里看电视,门一开,姐姐冲了进来。她满头湿发披散着,活像一个女鬼,把我给吓了一跳。她说,爸爸又厉害了,刚去了医院,医生说还得化疗,还要花几千块。我冷漠地说,是么,那就花吧。姐姐一脸愁相说,你看,姐手头上哪还有钱啊。我顿时明白了她的来意,语气变得冰冷:好了,你不用说了,我这也不是银行,我的条件你又不是不知道,刚买了房子,你总不能让我去卖房吧。姐姐叹了声,再没说什么,扭头便走了。后来,听说她连夜冒雨撺了几千块,至于她在谁家借的,我也懒得去问。

父亲生病期间,我简直像个外人,已习惯于冷冷地看着姐姐为父亲熬汤喂药,甚至解大小便。父亲病重后期,大小便已失禁,有一次大便在床上了。闻到异味,我直感一阵呕吐,厌恶地走了出去。姐姐却忙上前拖起父亲的身子,仔细地拭净他身上的污物,又迅速地换了床单、被子,忙到最后,直弄得手上、胳膊上污了一片,额头全是汗。

父亲毕竟被癌魔缠上了,任他怎么挣扎或说抗争,终于还是无济于事,任姐姐怎么求神拜佛,老天爷还是"没睁眼",他最后向生存了六十二载的世界留恋地看了一眼,缓缓闭上了眼睛。然而,就在他生命弥留之际,我知道了一个有关自己身世的真相。

那天,已经半月不发一言、不进粒米的父亲,突然开了口。他向我招招手,说你过来。我虽然心中对他充满了怨恨,但看到他被癌魔折磨得不成人形,也怪可怜他的,于是顺从地走过去,尽量放柔声音说:"爸,你觉得好些了吗?"父亲吃力地伸出他那只瘦得皮包骨的手,紧紧地攥住我,我清晰地感觉到他的心情异常激动。他慈祥地望着我。我从未见过那种温和的眼神,只觉心头一热。父亲吁了一下,说:"孩子,我一直瞒着你一件事,其实……你和大丫不是亲姐妹……"我默默地低下头,父亲的坦诚虽然迟了些,但对于一个生命随时都可能结束的老人,我在内心里原谅了他。我说:"爸,我早就知道了。"父亲"啊"了一声,显然出乎意料。他接着说:"那是三十年前,我下班的时候,听到路旁有婴儿的啼哭声,忙奔了过去,发现一个小女孩脸蛋冻的发紫,被遗弃在铁路上,浑身已经冰凉……

"我把她抱回家中,你妈妈喂了她一些奶粉,她才渐渐安顿下来。当时,我和你妈妈虽不住地埋怨她的亲生父母心肠狠,但见她长得挺喜人的,也非常开心。谁知到半夜时,她突然发起烧来。我和你妈妈急坏了,我用自行车驮着你妈妈,你妈妈把她裹在怀里,就这样连夜去了医院。医生说,孩子患有先天性心脏病让我们做好思想准备,如果不尽早治疗,孩子恐怕活不了三个月。后来,我曾想到把孩子再次扔掉,因为那时,家里生活拮据,全部的经济来源只有我那丁点儿工资。但你妈妈看着孩子可怜,狠不下这个心来,她说终归是个小生命啊。

"最后,我和你妈妈决定,无论受多大的苦,也要把孩子的命保下来。孩子整整住了一年的院,为了拉扯她,我和你妈妈三年没吃上一块肉,很多时候只是啃点凉干粮,连咸菜也没有。你妈妈为了攒足孩子的住院费用,每天步行去十几里外的纺织厂干临时工,有一次我发现,你妈妈的脚心带着血痕,我拿起她的鞋一看,原来她的鞋子早已磨破了底。

"孩子长到四五岁时,基本才停了药,病情也稳定了下来,但医生说孩子的心脏弱,不能受打击,所以直到现在,我和你妈妈也不敢把她的身世说出来,怕她心里承受不了……"

我听着听着,忍不住落下了眼泪。我激动地说:"爸,我知道,我小时候害你们吃了许多苦,长大后我不会再拖累你们,我也知道,您对我的养育之恩,我一直还没有报答。"

父亲黯然地摇摇头说:"你猜错了。"他把姐姐拉到身边,伸手抚摩着她的头发,轻轻地说:"你若不是爸爸,也长不这么大了,这些年来,我从未打过你一巴掌,也没骂过你一句,你本是个苦命的孩子,我怎忍让你脆弱的心灵再受到伤害?我死之后,你们姐俩一定要像亲姐妹一样互相照顾……"

我呆了,"爸……你……你说什么?姐姐她……"

父亲叹了一声:"那个婴儿就是你姐姐啊。"

姐姐也愣了,她呆了半晌,"哇"地一声扑在父亲爸身上,叫道:"不……你是我的亲爸爸啊。"

我觉得脑袋"嗡"地一下一片空白。霎时,思想、理智、灵魂、意识全然离壳而去。天哪!这些年来,我浑浑噩噩到底做了些什么?我猛地抱住父亲,号啕大哭:"爸爸,你不能死啊,我不会让你死的。"

父亲极力地将身子向床头靠靠,对我说:"从小爸爸对你关爱不够,你……你怪爸爸吗?"

我眼里噙着泪珠,使劲地摇头。

父亲宽慰地笑了,他轻轻地抚摩着我的头顶。我觉得从他的手上有一股暖暖的热流涌到心中,弥漫开来,渐渐地充满了我的身心,又浸出了眼眶,缓缓淌至唇边。我紧握着父亲的手,把它贴在自己脸上,哽咽着什么也说不出。

然而,我再也无法疼爱我的父亲了——就在我知道了身世之谜的不久,他永永远远地离我而去了……

埋葬了父亲,亲友们陆续离开了墓地。我执意地留了下来。我想再静静地陪父亲一会儿,我想默默地看着父亲睡熟了,安歇了,再回去。旷野寂寂,杨柳依旧,父亲安在?我跪在坟前,默默地望着那一丘黄土,心中充满了悔恨和悲伤。父亲啊父亲,我知道,你一直对我隐藏着自己的父爱,这些年来,虽然你很少关心过我,呵护过我,但我相信,你一定是爱我的。可我……我诅咒过你,怨恨过你,在你最需要女儿照顾的时候,冷漠过你,背弃过你,你原谅我吧……

微风拂过,我仿佛看到父亲微笑着站在面前,缓缓地抚摩着我的秀发,他虽然不说话,但我却读懂了他那慈爱的眼神。在父亲的目光里我读懂了一种博大的亲情,那是一种江海般宽大胸怀,一种升华的父爱!我缓缓起身向远处望去,我忽然觉得父亲还没有死,这里埋葬的只是他的躯体,而他的灵魂却仍然活在我心中。我相信他那双慈爱的眼睛,仍将关注着我的生活,直至我的一生。

感恩提示
gan en ti shi

真相往往被一些错误所埋没,但经过时间推磨,真相会显露出来的,只是会造成不良的后果抑或是一件好事。

文中就是以"我"的听错而作出了错误的猜想,认为自己不是亲生的,而父母对"我"又不是很好,总是偏向姐姐。由于"我"的错误猜想而慢慢引起了对父亲的怨恨,从而导致了父女感情的慢慢分裂。但是几经波折,到了最后,事实的真相大白了,有裂痕的父女感情合拢了起来,但是父亲已经走了,留下来的只能是最后的回忆,给予了"我"深刻的教训。

此文简明易懂,文章的开始写"我"得到极少的父母的爱,从而导致心理的不平衡,慢慢引起了"我"的怨恨,而父母们善良的心,把自己拾来的婴儿完完全全地当做了自己的女儿,而且又偏爱于婴儿。只因婴儿先天性心脏病,不能够受到大的刺激,所以父母过于偏爱婴儿和好好地照顾她。但由于女儿的错误猜想引起父女之间感情的分裂。

"我"对父亲诅咒、怨恨、冷漠、背弃,真的让人心寒!

然而,现实中的真相是不会永远被埋没的,总有一天会被发觉。文中所述不正是最好的印证吗?

最终"我"发现是误解了父母,虽追悔莫及,但父亲的灵魂却永远活在"我"心中。感谢父亲用他宽慰的爱唤醒了"我"无知的心灵。

(黄廉港)

其实,撒谎,儿子永远比不过母亲啊！因为,母亲是宁愿牺牲掉自己来换取孩子的幸福的。世上没有人比母亲更爱孩子,包括孩子自己。

谎言中的深爱

◆文/齐志琳

孩提时,儿子张着小手对母亲说:"妈妈,我腿疼。"母亲急忙抱过儿子,问:"乖,哪儿疼?"儿子在母亲的怀抱里,蹬了蹬小腿说:"噢,不疼了。"但刚把他放下,他就嚷:"又疼了。"母亲明白了:儿子原来想让她抱。年轻的母亲就抱着儿子,亲着他的小鼻头说:"坏宝宝,还骗妈妈呢。"儿子在母亲的怀抱里,一脸得意地笑。这是儿子对母亲撒的第一个谎。

少年时,儿子对母亲说:"妈妈,老师又要资料费了。"母亲把压在枕头下的一沓钱拿出来,放到儿子手里。儿子接过钱,飞快地跑了。在一家游戏厅门口,他被母亲堵住了。母亲没有打他,也没有骂他,只是低声说:"孩子,看看你手里的那沓钱。"他摊开手,看着母亲给他的钱。那些钱有新的有旧的,都被母亲叠得整整齐齐,一张一张,面额最大的也不超过两元,都是母亲起早贪黑卖小吃甚至捡破烂挣来的。看着那沓钱,悔恨的泪水自他眼中潸然而下。他要钱,根本不是交资料费,而是为了打游戏。那是他对母亲撒的第二个谎。

青年时,儿子在信中说:"妈妈,这个假期我不回家了,我在这儿找到了一份家教,我想在这儿打工。"开学了,黑瘦的儿子站在学校的公用电话旁对母亲说:"工作挺轻松的,每天只需上3个小时的课,就能挣50块钱。这一个假期,我挣了1000多块钱,这学期,您就不用再给我寄生活费了。"电话那端,早有心疼的泪水顺着母亲满是皱纹的脸颊流下来。母亲已从儿子的同学那里打听到:儿子整个假期都在一家建筑工地上做小工,每天要干10多个小时。这是儿子对母亲撒的第三个谎。

中年时,儿子早已成了家,母亲也老了。母亲病倒了。病床前,儿子说:"妈,你的病一定能治好的,你就安心治疗吧。"其实母亲患的是癌症,晚期,医生说至多能活三个月。这是儿子对母亲撒的第四个谎。

母亲却说,自己不习惯医院的环境,如果再让她呆在那里。她宁愿去死。无奈,儿子只好把母亲接回家，保守治疗。在家里，母亲天天都是一副很快乐、很满足的样子。儿子也悄悄地松了口气，能让母亲按照自己的意愿度过最后的时光，这样也很不错。

母亲去世三年后的一天，儿子见到为母亲治病的医生，讲起母亲。儿子说："还好，我的母亲自始至终都不知道她患的是癌症，在她最后的时间里，还算快乐。"

医生对他的母亲印象很深。他说："我对你的母亲真的很钦佩，她在被确诊的时候就坚持让我告诉她自己的病情，然后坚持不住院治疗。在家里疗养期间也不让我用最好最贵的药。她说你的公司因为缺乏资金周转都快倒闭了，她不想让你为了她的病，再背上一大堆外债。她的快乐，也是为了让你相信，她在家疗养同样很好。你的母亲，真的很爱你。"听完医生的话，儿子已泪流满面，原来母亲早已知道自己的病情，她是替儿子着想，才谎称自己不习惯医院的环境，坚决不要住院治疗。他想起从小到大，自己说了谎，母亲都几乎立刻就能揭穿，包括在她生命的最后日子里，他都没能瞒过母亲。为什么母亲的一个谎言，竟然要几年之后才由别人处得到真相？

其实，撒谎，儿子永远比不过母亲啊！因为，母亲是宁愿牺牲掉自己来换取孩子的幸福的。世上没有人比母亲更爱孩子，包括孩子自己。

感恩提示

gan en ti shi

这篇文章里，儿子曾经对母亲撒了四次谎，每次谎言都有着不同的内容和含义，但面对这些谎言时，母亲对儿子的态度却只有一个固定的含义。孩提时儿子的谎言是要妈妈疼他抱他，谎言里有调皮的撒娇和狡猾的小聪明。母亲最终怜惜地亲了他的小鼻头，不是因为被骗，而是因为母爱。少年时，儿子撒下的第二个谎是向母亲要钱，这谎言里有欺骗的劣行，拿到钱后，他偷偷地跑去打游戏。但母亲却没有埋怨或教训儿子，只让他看看手里的钱。那每张钱上都凝聚着母亲的汗水，也凝聚着对儿子的深爱。儿子撒第三次谎时，已经成了一名大学生，在母亲的爱中长大的他，已经懂得用自己的行动来回报母亲给与的爱。为了减轻母亲的负担，他偷偷去工地上打工挣钱。面对这样的谎言时，母亲的回答是脸上滑落的心疼的泪水。这泪水里折射着的还是爱。母亲身患绝症，生命垂危时，儿子撒了最后一次谎，他是盼望着母亲能愉快地走过生命余下的时光。而母亲平静地接受了他的谎言。直到母亲去世三年后，儿子才知道，原来，这次母亲是向他撒下了一个谎，仍然是为了爱。至此，他才真正明白，他永远都骗不过母亲，因为母亲爱他甚于一切。

(安 勇)

感
恩
父
母

第二辑
听到花开的声音

"又是一年三月三
风筝飞满天
带着我的思念和梦幻
飞回到童年……"

这童年的歌谣伴我成长,给我欢乐
像那满天的风筝
让爱穿越那长长的丝线
传达母亲无时不在的深爱

在北大网站的 BBS 上面，女孩以清丽的语言，写了一篇题为《母亲的包裹》的散文，感谢男孩的母亲以这样妥帖的方式，照顾了她的生活，更成全了她的情感和尊严。

爱 的 方 式

◆文/云 娘

38

这是一个人人羡慕的家庭。父母在南方的一个大城市工作，两个知识分子。他们唯一的儿子顺利考上北京大学，并且学的是最好的知识，对于他们，生活是那么完美。

转眼男孩上大二了。随着学识一同增进的，还有男孩完美的品格、健全的体魄和得体的举止。

亲朋好友开始关心男孩的终身大事，经这么一提醒，父母亲觉得怎么这么大的事一直忽略了呢？打电话给男孩时，父母一气说了自己美好的愿望。不料电话那端传来男孩笃定的声音：你们别操心了，我有女朋友了。

儿子恋爱了？女孩是什么样的？和儿子相配吗？这一连串的问号搅得父母寝食难安，于是坐了飞机赶到北京。

父母见到了女孩，见到女孩的第一眼他们交换了一下眼色：女孩果然很普通、很一般，但也很斯文。在自己的父母面前，男孩毫不掩饰对女孩的疼爱，父母便愉快地结束了这次会面。

回到家，他们觉得，至少看起来女孩配不上自己的儿子。二十年来，对于儿子，他们第一次感觉到了困扰。不接纳女孩，阻挠儿子？可能儿子失去女孩的同时，他们也就失去了儿子。他们也就会从此远离了幸福安宁。

一天，两天，一个星期后，父亲终于做出了决定。他对妻子说："儿子爱的，我们也爱！他们俩是同学，一个班长，一个团支书，了解该是很深的，我们要相信儿子的选择。女孩看起来是很一般，但儿子爱她，就一定有值得爱的理由。"

果然，男孩郑重其事地写了信来，讲了关于女孩的两件小事。

女孩家在农村，家庭条件不富裕，但是女孩坦然地面对贫穷，朴素而刻苦。对同学友好温和，对误解不卑不亢。有一天，男孩请女孩吃饭，男孩已经明确地表示出对她的好感，所以特别渴望尽可能在物质上体贴女孩一点儿。但是，结账的时候，女孩仍然像以前那样掏出钱，笑着说："AA制。"男孩刚要推回女孩的钱，女孩用眼神制止了他。那眼神里，女孩克制、自尊、自爱的庄严情感令他肃然动容。

男孩女孩的学习都很努力。经常一大早到图书馆排队占位子。细心的女孩会一并把两人的午餐也准备好。两个饭盒：红的是女孩的，绿的是男孩的。饭菜简单却有足够的营养，男孩从来都是粗心地只管享受这份体贴，从没有发现什么异样。这一天早上，女孩忘了东西又回了寝室，男孩接过两个饭盒，站在图书馆门前等她。很偶然地，他打开了两个饭盒。

这一眼，他的心怦怦地跳动起来，就在那一瞬间，他认定了：这就是我要找的爱人。

饭盒里是两个相同的面包，不同的是绿盒的面包中间夹着厚厚的一块牛肉，红盒里的面包中间却什么也没有。对于家境贫寒的女孩来说，一块牛肉是她能默默奉献的全部的爱情。

儿子最后说：爸、妈，真正深邃绵长共度风雨的爱情，是超越了美貌、金钱和权势的。

读完信的父亲母亲完全消除了对儿子爱情的迷惑，心情恢复了往日的宁静。只是母亲觉得做点儿什么，让儿子感觉到他们真心诚意的祝福，以及对女孩隐隐的歉意。

爱有多大的创造力？母亲终于有了一个主意：她给女孩宿舍的四个人每人寄了一个包裹，里面的东西一模一样，她坦然告诉女孩们：这只是一个同学母亲的心意，东西并不贵重，所以请她们不要介意。

儿子在电话里激动地说："爸、妈，我真感谢你们。"

于是每个月，女孩和她的室友会一起收到来自南方的包裹，有时是南方时令的水果，有时是女孩们喜欢的衣衫。每个月收到包裹的这一天，女孩的宿舍里就氤氲着浓烈的母爱的气息。

在北大网站的BBS上面，女孩以清丽的语言，写了一篇题为《母亲的包裹》的散文，感谢男孩的母亲以这样妥帖的方式，照顾了她的生活，更成全了她的情感和尊严。

男孩、女孩、父亲、母亲，爱得无我，爱得智慧，便有了丰盛如斯的收获。咀嚼着这段真实的情爱，世俗的心因感动而柔软。

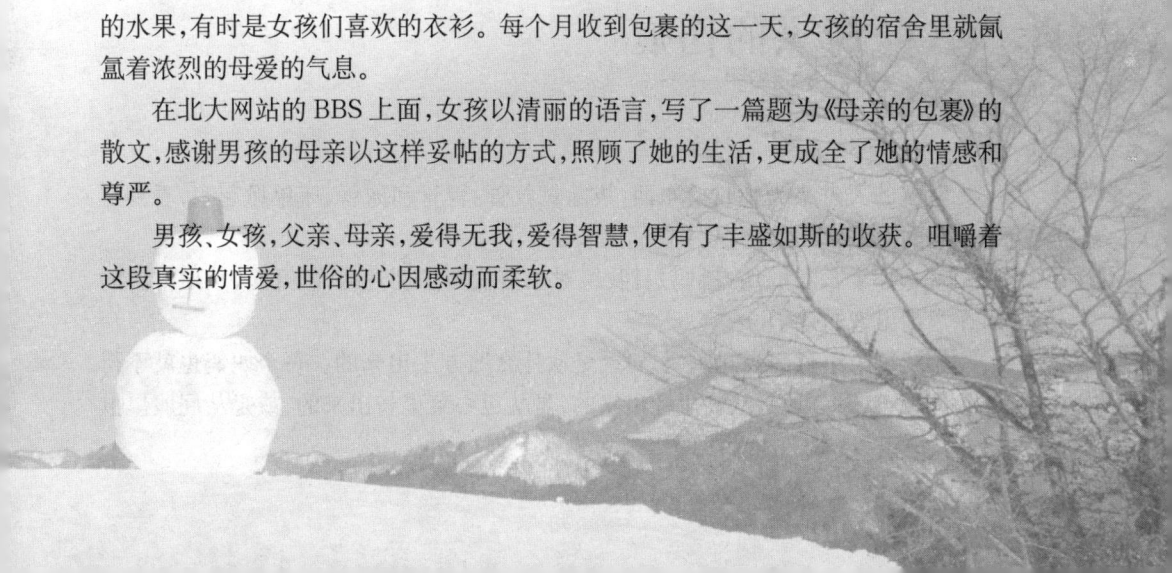

　　爱是生命的源泉,也是生命的支柱,没有了爱,人无法健康的成长;没有了爱,人们不懂生命的可贵。我们每个人都有父母,他们对儿女的爱是无限的。在文章《爱的方式》中充分体现了一个母亲对儿子无限的爱。她爱儿子,所以她送孩子上大学;她爱儿子,所以时刻关心着他的未来;她爱儿子,所以对他身边的人特别小心。

　　爱是无边无限的。它适用于每一个人,它使人间充满温暖和欢笑。在文章《爱的方式》中,母亲的爱充分地体现出它的无边无限。她对儿子女朋友的爱也是无限的,它超越亲情的边限,散发到她的身边。

　　而文章中女朋友对男朋友的爱是爱情,它带给人们的是满足和欢乐。

　　《爱的方式》是一篇主题突出,内容简练的小说。它运用了母亲对儿子的爱;母亲对儿子女朋友的爱;以及女孩对男孩的无限的爱情。这全面实现了爱的无限。爱的方式是多种多样的,而它带给人们的感觉也是各种各样的。

　　像歌曲里所唱的:"只要人人都献出一点爱,世界将变成美好的明天。"小说里体现出的无边的爱像阳光温柔地洒在大地,使人们深深感到无尽的温暖。

(黄伟超)

　　就是那个长长的伤口!妈妈!我绝对相信我是您剖开胸,剖开腹,从血淋淋的肚子里抱出来的孩子……

母亲的伤痕

◆文/(台湾)刘 墉

　　医院的人过来为她收拾东西,拔除氧气管、胃管和尿管,床单掀起来,看到那个熟悉的疤痕,我的泪水忍不住涌出来。

　　就是那个长长的伤口!妈妈!我绝对相信我是您剖开胸,剖开腹,从血淋淋的肚子里抱出来的孩子……

　　大概每个小孩都会问妈妈,自己是从什么地方生出来的。每个妈妈也就不得不编些故事,譬如说是从嘴里吐出来的,是从包心菜里长出来的,或是从屁股里揪出来的。

当我小时候问这个问题的时候，母亲的答案非常简单——她只是拉开衣服，露出她的肚皮和那条6英寸长的疤痕，说："看吧！你是医生用刀割开娘的肚子，把你抱出来的。"

虽然那疤痕紫红紫红，又光光亮亮好像只有一层薄薄的皮肤，随时可能绽开，而让我有点儿害怕，可是不知为什么，每隔一阵就会要母亲再给我看一次，然后，说："好可怕！好可怕！"又问一句，"开刀的时候，会不会好疼？"

"当然疼，娘疼得晕过去。一个多月才能下床，所以说'儿的生日，娘的难日'，娘生你，好苦哇！"

大概因为我是这么痛苦的"产物"，从小母亲就管我很严。

为了怕邻居跟我说我不该听的事，母亲坚持要父亲卖了南京东路的房子，搬到远远的云和街去。又为了怕我学坏，每天傍晚我在外面玩，她一定搬个小凳子坐在门口守着，而且规定我不准跑过左边巷口的电线杆。

她不准我吃零食，说吃多了会吃不下正餐；她往我碗里猛塞猪肝，说以前要不是喂我猪肝，我早就病死了；又不准我躺在床上吃东西，说很多小孩都是那样噎死的；她还不准我骑脚踏车，说她只要看见小孩飙车，就吓得头疼；又说我要是学会骑车，她就管不住我了。

所以，我小时候是很孤独的，当邻居孩子伸着腿，用"钻狗洞"的方法，学骑大人脚踏车的时候，我只能远远地看着。当别的小孩还在路灯下玩"躲猫猫"和"官兵捉强盗"的时候，我已经被叫回家洗澡了。

母亲还常编些故事吓我，譬如她总讲，那拉着三轮板车、叫"酒干倘卖无"的人，会抓小孩去卖。所以千万不能跟别的小朋友一样，拿些破铜烂铁给"那个人"换糖吃。她也说不能随便吃陌生人给的东西，因为里头可能有迷药，吃了就会被坏人拐走。

所以我小时候也是非常胆小的。

这种被严加看管的日子，一直到我9岁那年才改变。不是母亲的观念改了，而是因为父亲生病，她总得留在医院照顾。

家里的外婆太老了，管不住我，舅舅又在海军军官学校念书，所以那阵子我像脱缰的小马。下大雨的时候，我能溜下小河去抓鱼；出大太阳的日子，我能在邻人的工地外面玩沙，当别的小孩都回家睡觉的时候，我还能偷偷溜出大门，追打在路灯四周盘旋的蝙蝠。

直到有一天下午，母亲苍白着脸，坐三轮车回来，一声不响直直地走进家门，我的玩兴才过去。我不再能出去玩，因为我要在家安慰哭得在地上打滚的母亲；我得披麻戴孝，跟着她到每个长辈家去报丧。

我要常常守着家，守着我娘。

父亲死后，母亲对我更严厉了，但是在我做错事，她狠狠骂我，甚至打我之后，又会很脆弱地哭，愈哭愈大声。然后，平复了，她会说："打在儿身，痛在娘心。"接着拉我过去，看我被打的地方，直问："疼不疼？疼不疼？"

她可以打我，但是别人不能打我。记得当我上初中，碰到一个爱打人的老师，总挨藤条，打得一条一条血痕，被母亲发现的时候，她立刻冲去学校骂老师。老师并没有少打我，因为他全班人都打，每天都打，只有跟他补习的同学，因为考得好，可以免挨打。

老师也对我母亲说了好几次："你这孩子，功课这么烂，再不补习，一定考不上高中。"

但是母亲从不让我出去补习，除了在家附近找过一个大学生，教我一阵子数学，无论别人怎么说，她都不送我上补习班。"就咱们娘儿俩，再出去补习半天，娘一个人，多寂寞！"母亲说。

那时候，我们确实是寂寞的。

年初二晚上一场大火，烧光了我家的一切。

外婆跟着舅舅、舅妈，搬去了台大宿舍。我跟着母亲，住到她的老朋友家。

母亲要求父亲生前服务的单位重建，因为那房子保有火险，但是公家说不行。母亲说由我们自己花钱重建，公家也不同意，说有一位主管的房子要迁移，正可以利用这块空地。

母亲慌了，花钱请人在院子里紧急盖了一间小草棚。草棚是用竹子和芦叶搭成的。四周先钉上木板作墙，再把事先编好的草顶放上去。住进去的第一天晚上，母亲在房子旁边，用小炭火炉做了红烧肉，在记忆里那是我生命中最好吃的一餐饭。

当天晚上，下起倾盆大雨，屋子里到处漏水，我们找了各种破盆烂罐去接，又把床移来移去，还是应付不了，而且愈漏愈厉害。

我实在困了，因为第二天还得上学，母亲叫我先睡，用两件雨衣盖在我身上雨水滴滴答答地落在雨衣上，渐渐积在凹陷的地方。至今都能记得，每隔一阵，母亲就掀起雨衣，让雨水流下床的哗啦哗啦的声音响起。

经过两年多的抗争，父亲生前服务的单位总算让步了，要我们搬到金山街的一栋小木楼。

木楼由两家合住，楼下姓孙，也是个寡妇，带了两子一女和一个女佣。女佣也是寡妇，还带了个女儿。于是一栋小楼里住了三个寡妇和五个孤儿。母亲和那位孙太太处得情同手足,两家厨房相通,也常彼此"通食";两家的声息相通,也总是相互扶持。住在小楼的那六年,留给我很多美好的记忆,也发生过许多我生命中的大事——

搬到小楼后不久,听说附近胡念祖老师教画,我想学,虽然学费不便宜,母亲还是很爽快地答应了。那是我从小到大,第一次正式学画,而且三个月之后就得到了全省学生美展的"教育厅长奖"。

拿回奖状,母亲点点头笑笑,没说什么。她对我得奖从没表现过兴奋,过去我得到三次台北市演讲比赛的冠军,母亲都是如此沉默,我也习以为常。直到高一下学期,获得全省演讲比赛第一名,由学校主任陪着,从南部奏凯归来,母亲没到火车站接我,才使我有点怅然。

那一天下着滂沱大雨,主任为我叫了一辆三轮车回家,临上车,他突然很不解地说:"人家的爸爸妈妈,有孩子参加比赛,都陪着去,为什么你妈妈从不出现?连你得了这么大的奖,都不来欢迎你?"

我怔住了,因为我从未想过参加比赛需要母亲陪。我的妈妈是老妈妈,老妈妈老了,身体不行了,本来就不必陪。但是那主任的话,伤了我的心,车在雨中行,雨水滴滴答答地打在我面前的油布帘子上。我觉得有些失落,开始想,为什么妈妈那么冷。

得奖之后不久,我常胸痛,去检查,医生说是神经痛。有一天夜里咳嗽,肺里呼噜呼噜的,像有痰,突然一张嘴,吐出一口鲜血。

母亲急了,端着盆子发抖,看我一口一口吐。血止住了,天也亮了,母亲叫车,把我送到医院。医生为我照 X 光、检查,接着把母亲叫到隔壁房间,我听见医生在骂、母亲在哭。

住院的日子,母亲总陪在我身边,常坐在那儿,撑不住,就倒在我床边睡着了,我则把自己的被单拉出去,盖在她身上。那年我 17 岁,她已经是将近 60 岁的老人。

妈妈老了,管我的方法也不同了,我的成绩不好,她不操心;模拟考试总是榜上无名,她也不急。甚至在我熬夜念书的时候,她会起来骂我,说考不上又怎样?大不了自己开个画室,画画、教学生。

所以,当我参加大学联考,只填了三个美术系、一个中文系的志愿时,学校老师都摇头,说我造反,我的母亲却淡淡地说:"你爱学什么,就学什么,妈不管你。"

母亲虽不管我的功课,却管我交女朋友。她在门前放了一把竹扫帚,说专打坏女生。

但女生跑得快,母亲是小脚,追不上,所以后来她改口说:"谁来找我儿子,我不打她,打我儿子。"

母亲的戒严令，在大学联考放榜的那一天突然解除了。知道我考上师大，她笑了笑，说："你可以交女朋友了，多挑、多选，早点儿结婚，让妈早点儿抱孙子。"

她还拉着我去做了两套西装，只是不断叮嘱裁缝，要宽宽大大，别看起来像小太保。所以我第一天穿西装，同学都问我："是不是你爸爸的？"

我果然开始交女友，一个个带回家给母亲看。母亲很挑，不是嫌胖、嫌老，就是嫌矮。她的道理很简单："妈就胖、就老、就矮，你要是再娶个那样的，有违优生的原则。"直到大二，我带个朗诵队的女生回家，母亲才眼睛一亮。所以，大三下学期，我就带着那女生去法院作了公证。

那次公证，母亲没说什么，她知道媳妇是跟自己家里闹革命嫁给我的，只是把两个钻石戒指偷偷塞在媳妇的手上，尔后，"她"回"她"家，我回我家。直到由我舅舅出面协调，隔年又演出一场"婚礼"，家里才真正多了那么个人。

然后，又多了一个，而且出生一个月，就睡在奶奶的床上。

母亲很得意，她抱了孙子，每天都推着孙子去看火车。

火车曾经是离我很远的东西，从小到大，我很少坐火车。但是从 20 岁那年起，火车竟成为我的邻居。

金山街的小木楼，公家又要改建，逼着我们母子迁出。

楼下孙太太，因为还在职，早早就由公家安排，搬走了。房子空掉，有些附近的人，都来拆即将不用的门窗。

我们不能搬，因为公家没安排。最后有了安排，则是长安东路铁道旁的仓库。

那是违建区，门前没有水沟，屋后杂草丛生，紧接着便是铁道。基隆线的火车，隔一下就过一班，又在那里的"华山站"接班，发出惊天动地的声响。

母亲不愿去，再一次演出"静住抗争"。只是这一次，父亲生前的老同事都退休了，新一辈比较有魄力，他们动用怪手，先拆掉了小楼的半边。

楼歪了，我们不得不搬到那铁路旁的仓库。

仓库里没有厨房，只好借公厕的一角墙，搭了些石棉瓦当做厨房兼浴室。搬去一年多，儿子刘轩就出生了。我和妻都在中学教书，下班时总见母亲一手抱着孙子，一手在炒菜。

后来家里的经济改善了，一方面因为我进入"中视"新闻部，一方面因为《萤窗小语》的畅销。我们常一家人坐在一起看邮拨单、写信封、装书、寄书。儿子小，不能写，就负责打钉书钉。

母亲的脸上开始有了笑容，她很迷信，认为过去一切的厄运都是因为丈夫死，现在一切的好运都是因为孙子生。

她的脾气改了，连对家里的黄猫都有情。她艺术的品位也提高了，以前买的衣服都很俗,现在则显示了审美的眼光。

"别以为妈土,妈以前只是没心情。"母亲说。

以前过年的时候,母亲总带我四处送礼,求爷爷告奶奶,希望得些父亲老朋友的关爱,现在则不再拜年,她说:"六十九了,人家该给我拜年了。"

母亲七十大寿的时候,我为她摆了三桌。这是她自五十大寿之后第一次过生日,也是她第一回接受贺寿,她说:"过完五十大寿,死了丈夫。过生日过怕了。"

母亲七十大寿之后半年,我离家,去了美国。

知道我去的地方下雪,母亲特别去衡阳路的绸布庄,为我选料,做了一件丝绵袍,又把父亲生前穿的,一件从废墟里翻出来的老羊皮背心补一补,交给我。

上飞机,一群人来送,母亲没掉眼泪,只沉沉地说:"好好去,家里有我,别担心。"

再见到母亲,是两年多之后。长长的机场走廊,远远看见一高、一矮、一小,牵着手,拉成一串。母亲虽然是解放小脚,但走得不慢,一手牵着孙子,一手提了个很重的布包。头发更白了,皱纹更深了,看到我,淡淡一笑:"瞧!你儿子长高了吧?"

从那天开始,她除了由我陪着,回过三次台湾和大陆,其余的 19 年,全留在美国。

虽然不是农家出身,但是有院子,她自己学会种菜。又常看邻居的花漂亮,就偷掐人家的种子。她最喜欢种西红柿、大黄瓜和金盏菊,也爱蹲在地上摘四季豆。我每天早上,拉开窗帘,总看见一个白白的头,在绿叶间穿梭。

她也依然是孙子的守护神。常在孙子看电视的时候,过去小声提醒:"孙子啊!不要看啦!你老子要发脾气啦!"

因为她的耳朵背,自以为小声说的话,其实很响,早传到我的书房,于是冲出去训儿子。

每次我训孩子,母亲都阻拦,她最常说的一句话就是:"幸亏是亲生的,要不是亲生,人家非说你是虐待孩子不可。"不过,跟着她又会改口,"不是亲生的,都比你这亲生的还疼。"有一天,我听见她在房间里,对孙子献宝:"瞧!奶奶肚子上这么长的刀疤,都是生你爸爸的时候割的,做女人,就是生孩子可怜。所以天下没有不疼孩子的妈。"

大家都说独子的寡母难处,婚前,我太太也曾经害怕。说:"有一天我们看完电影回家,看见妈坐在黑黑的屋子里哭,不知道她会不会觉得我抢了她的独生子。"但是几十年下来,她们却处得比母女还亲。

在我记忆中,她们婆媳虽有小摩擦,但不曾争执。有一天,母亲跟我不高兴,说:"你孝顺,你孝顺,哪次看病不是薇薇开车?"她说的是真话。

情·深·似·海·的·65·个·父·爱·母·爱·故·事·

母亲确实是疼媳妇的,她总当着媳妇面袒护我,又背着媳妇骂我,她骂得很有技巧:"不是妈说你,也不是妈偏她,你确实不对……"

当然,随着孙女的诞生,岳父母同住,以及我工作上的忙碌,母亲跟我独处的时间愈来愈少了。她常在我种花的时候,迈着"解放小脚",拄着拐杖到我旁边,小声咕哝:"儿啊!咱们好久没说说私密话了。"有一次说着说着,她哭了,"你知道吗?妈心里好寂寞。"

母亲确实是寂寞的。重听,使她活在了自己的世界;渐渐不良于行,又使她常留在自己的卧房中。尤其冬天,她常一边读《圣经》,一边看着外面的雪地叹气,说她要回台湾。只是那时候医生已不准她远行了。

吃完饭,一家人在客厅看电视,母亲常坐在我旁边,大声问电视里说的是什么。我为她翻译几句,她又会摇摇头,说听不懂,不如看报,回房间了。所幸有我岳母,总凑着她的耳朵"喊"各种新闻。两个相差二十多岁的老太太,常挽着手,过马路,到家对面的公园去看海。

母亲也常一个人坐在海边的长椅子上看海,看人钓鱼。有一次,她站到码头边上很久,有个年轻人一直守在旁边,以为她要寻短。也有一次,一个人钓到条大鱼,送给她,母亲就两手攥着鱼,小心翼翼地拿回家。到家,才发现鱼已经被她捏死了。

所幸,我的书房就在母亲卧室的隔壁,我常一边写作,一边听她房里的声音,咔啦咔啦,她是不是又在吃糖果?丁丁当当,她是不是又在搅芝麻糊?我常劝她别吃太多甜食,她却回答:"吃胖着点,给你做面子啊。"又说,"宁愿撑死,也别饿死,90岁了,活够本了,死也值得了。"

母亲的九十大寿,我们又摆了两桌。全是亲戚和母亲的一位老朋友,她的朋友都凋零了,剩下两三个,也只是在过年的时候拨个电话,彼此问:"你还活着吗?"

不过母亲虽老,还是我强壮的母亲。两年前,当我急性肠胃炎发作,被救护担架抬走的时候,她居然站在门口,对我说:"好好养病,你放心吧!家里有娘在。"

从担架上仰望母亲的脸,有一种好亲爱、好熟悉的感觉,突然发觉我已经太久太久不曾仰望慈颜。

她虽然91岁了,但是她那坚毅的眼神、沉着的语气,使我在担架上立刻安了心。她让我想起几十年的艰苦岁月,都是由她领着,走过来的。

半个世纪了,这个不过150厘米的妇人,漂到台湾,死了丈夫、烧了房子、被赶着搬家、再搬家,然后接过孙子,又迈着一双小脚,跟着我,到地球的另一边。除了我刚出国的那两年,她从来不曾与我分开很久。我整天在家,她整天在我的身边。过去,我是她的孩子;现在她像我的孩子了。每次出门,好逞强,不要我扶,我就紧紧跟着她,看个胖胖矮矮、走路一颠一颠的大娃娃走在前面。

在深坑的松柏墓园,我早为母亲的百年做了准备。母亲也去看过两次,十分满意红色花岗石和金色十字架的设计。

但是,就在去年,她4月中风的前几天,母亲突然对我说:"死了,我不要住到深坑的山上去,多冷!回家又不方便,要看看你们,还得坐飞机。"

"不要说这个好不好?"我对她笑笑,"医生说你能活100岁。如果你真不愿意上山,我就在家附近找块地,给你百年之后住,好不好?"

今天,2月18日,那一幕还在眼前,我的母亲却已经离开了人世。

她是心脏衰竭离开的,像是睡着了,睡到另一个世界。我带着妻,在她床前下跪,磕了三个响头,亲亲她的额头,又亲亲她的脸颊。她的头发仍是我熟悉的味道,她的脸颊还那么光滑,只是已经冰凉。

医院的人过来为她收拾东西,拔除氧气管、胃管和尿管,床单掀起来,看到那个熟悉的疤痕,我的泪水突然忍不住地涌出来:

"就是那个长长的伤口!妈妈!我绝对相信我是您剖开胸、剖开腹,从血淋淋的肚子里抱出来的孩子。"

感恩提示
gan en ti shi

是谁在每个平凡的清晨起得最早?是谁在每次熟睡的鼾声中仍在劳作?是谁在寒冷的冬天用双手为你阻挡着她力所能及的风霜?又是谁即使在你最潦倒、临危遇难时仍在你身边支持你?……这些情节并不是一个个偶然。正如刘墉写的母亲的伤痕,母爱时时刻刻震撼着你的心我的心他的心。

"医院的人过来收拾东西,拔掉氧气管、胃管和尿管,床单掀起来,看到那个熟悉的疤痕,我的泪水突然忍不住涌出来。"作者流露出自己的真挚情感。看到自己的儿子慢慢长大,在人生磕磕绊绊的道路上,母亲总是在一旁千叮万嘱,似乎她的后半生就是在为自己的儿子日夜操劳。

然而,儿子长大后,母亲的生活便总是寂寞着,想老伴,想朋友,想儿子……

母亲的伤痕,满载着她这后半生的辛酸历程,满载着她对下一代的希望,满载着她未完的心愿。作者用平实朴素的语言勾勒出生活中的点点滴滴,可以说,每字每句都蕴涵着作者对母亲的爱与思念,惭愧与内疚。

(许欢)

在外人眼里,这何尝不是一幅天伦图,只有我,在美丽的表象下看得见残酷的真实。我清醒地悲伤着,我清晰地看见我和他的日子一天天在飞快地消失。

我的父亲爱人

◆文/三月芙蓉

我是一个孤儿,也许是重男轻女的结果,也许是男欢女爱又不能负责的产物。是他把我拣回家的。那年他在火车站的垃圾堆边看见了我——一个漂亮、恬静的小女婴。许多人围着,他上前,我好似对他粲然一笑,于是他抱起来紧紧地把我搂在怀里。他给了我一个家,一个我一生恋着的家。

他一生极其悲凄,他的父母都是归国的学者,却没有逃过那场文化浩劫,愤懑中双双弃世,他自然也不能幸免,被发配到农村,不久又和相恋多年的女友劳燕分飞。他从此孑然一身,直到35岁回城时捡到我。

童年时我管他叫爸爸。

童年,在我的记忆里并没有太多不愉快。只除掉一件事:上学时,班上有几个调皮的男同学骂我"野种",我哭着回家告诉了他。第二天他特意接我放学,问那几个男生:谁说她是野种的?

小男生一见高大魁梧的他,都不敢出声了。他冷笑着说:下次谁再这么说,我揍扁他!

有人嘀咕:她又不是你生的,就是野种。

他牵着我的手回头笑:可是我比亲生女儿还宝贝她呐!不信哪个站出来给我看看,谁的衣服有她的漂亮?谁的鞋子书包比她的好看?她每天早上喝牛奶吃面包,你们吃什么?

小孩子们顿时气馁了。

自此,再没有人骂过我是野种。大了以后,想起这事,我总是失笑。

我的生活较之一般孤儿,要幸运得多。我最喜欢的地方是他的书房。满屋子的书,明亮的大窗子下是他的书桌,有太阳的时候,他专注工作的轩昂侧影似一幅逆光的画。我总是自己找书看,找到了就窝在沙发上。隔一会儿,他会回头微笑着看我一眼,他的微笑,比冬日窗外的阳光更和煦。看累了,我就趴在他肩上,静静地看他画图撰文。

他笑了,轻轻地亲着我:长大了也做我这行?

我撇嘴:才不要呢,晒得那么黑,脏也脏死了。

啊,我忘了说了,他是个建筑工程师,风吹日晒一点儿也无损他的外表。他永远温雅整洁,风度翩翩。

断断续续的,不是没有女人想进入他的生活。

我8岁的时候,曾经有一次,他差点儿要和一个女人谈婚论嫁。那女人是老师,年轻、精明而漂亮。不知道为什么我不喜欢她,总觉得她那脸上的笑像是贴上去的。他在,她对我笑得又甜又温柔。他不在,她那笑就变戏法似的不见了。

我怕她。

有天我在阳台上看图画书,她问我:你的亲爹妈呢?一次也没来看过你?

我呆了,望着她不知道说什么好。

她啧啧了两声又说:这孩子,傻,难怪他们不要你!

我怔住了。

忽然他铁青着脸走过来,牵起我的手什么也没说就回了他的书房,并狠狠地关上了门。

晚上我一个人闷在被子里哭。他走进来,抱着我说:不怕,不哭,爸爸会陪你一辈子的。

后来就不见那女的上我们家来了。

再后来我听见他的好朋友问他:怎么好好的又散了?

他说:这女人心不正,娶了她,这孩子以后不会有好日子过的。这孩子是我的命根子啊,不管发生了什么变化,我一生都会爱着她的。

8岁的我牢牢记住了这句话。

我们一直相依为命。

他把一切都处理得很好,包括让我顺利健康地度过了青春期。

我考上大学后,因学校离家很远,就住校,周末才回家。

他有时会问我:想我吗?有男朋友了吗?

我总是笑笑不做声。

学校里倒是有几个还算出色的男生总喜欢围着我转,但我一个也看不顺眼:甲倒是高大英俊,无奈成绩三流;乙功课不错,口才也甚佳,但外表实在普通;丙功课相貌都好,气质却似个莽夫……我很少和他们说话。在我眼里,他们都幼稚肤浅,一在人前就迫不及待地想把自己最好的一面表现出来,太着痕迹,失之稳重。

一辈子都比不了爸爸。

20岁生日那天,他送我的礼物是一枚红宝石的戒指。那天吃完了饭他陪我逛商场,我喜欢什么,他马上掏钱买下。

回校后,敏感的我发现同学们喜欢在背后议论我。我也不放在心上。因为自己的身世,已经习惯人家议论了。直到有天一个要好的女同学私下把我拉住:他们说你有个年纪比你大好多的男朋友?

我莫名其妙:谁说的?

她说:据说有好几个人看见的,你跟他逛商场,亲热得很呢!说你难怪看不上这些穷小子了,原来是傍上大款了!

我略一思索,脸慢慢红起来,过一会儿笑道:他们误会了……

我并没有做过多的解释,静静地坐着看书,脸上的热久久不退。

周末回家,照例大扫除。他的房间很干净,他常穿的一件羊毛衫搭在床沿上。那是件咖啡色的,樽领,买的时候原本他看中的是件灰色鸡心领的,可我却挑了这件。

当时他笑着说:好,就依你,看来女儿是嫌我老了,要我打扮得年轻点儿呢。

我慢慢叠着那件衣服,甜滋滋地微笑着想一些零碎的琐事……

我想起小时候,我的小床就放在他的房间里,半夜我要上卫生间,就自己摸索着起来,但他总是很快就听见了,帮我开灯,说:孩子小心啊。

一直到我上小学,才自己搬到另一个房间里睡。

我做梦。梦见他和另一个女人结婚了,他们都很年轻,女的穿着白纱的样子非常美丽,而我这么大的个子充任的居然是花童的角色。他愉快地微笑着,却就是不回头看我一眼。我清晰地闻到新娘花束上飘来的百合清香……我猛地坐起,醒了。半晌,又躺回去,绝望地闭上眼。我渐渐觉得脚冷起来,慢慢往上蔓延。黑暗中我听见他走进来,接着床头的小灯开了。他叹息:做什么梦了?哭得这么厉害。

我装睡,然而眼泪就像漏水的龙头,顺着眼角滴向耳边。他温暖的手指一次又一次地去擦那些泪,却怎么也擦不完。

我病了,缠绵了十几天。等痊愈,我和他都瘦了一大圈。

他去学校里对我说:还是回家住吧,学校那么多人一个宿舍,空气不好。

我高兴地点了点头。

他天天开摩托车接送我。脸贴着他的背,心里总是忽喜忽悲的……

我顺利地毕业,就职。我们愉快安详地过着,只有我和他。我们什么也不说,就这样过着神仙般的日子。

但上天却不肯给我这样长久的幸福。

他在工地上晕倒了,医生诊断是肝癌晚期。我痛急攻心,却仍然知道很冷静地问医生:还有多少日子?

医生说:一年,或许更长一点儿。

我把他接回家,白天我上班,请一个钟点工看护,中午和晚上,由我自己照顾他。他开玩笑地说:看,都让我拖累了,本来应该是和男朋友出去约会呢。

我也轻松地笑着说:男朋友?那还不是万水千山只等闲啊,你比什么朋友都重要。

每天吃过晚饭,我都和他出门散步。我挽着他的臂,除了比过去消瘦,他仍然是高大俊逸的,在外人眼里,这何尝不是一幅天伦图,只有我,在美丽的表象下看得见残酷的真实。我清醒地悲伤着,我清晰地看见我和他的日子一天天在飞快地消失。

他,很平静地照常生活。看书,设计图纸。钟点工说,每天他有大半时间是待在书房里。我越来越喜欢书房了,饭后总是各泡一杯茶和他相对而坐,下盘棋,打一局扑克,或帮他整理他的资料。他很严肃地规定:有一叠东西不准我动。我好奇,终于一日趁他不在时偷看了。

那是厚厚的几大本日记。上面记录着这样一段段话:

"她长了两颗门牙,下班去接她,她摇晃着扑上来要我抱。"

"她10岁生日,许愿说要我永远年轻,等着我和她一样。我开心,她真是我寂寞生涯的一朵解语花。"

"今天送她去大学报到,她事事自己抢先,我才惊觉她已经长成一个美丽少女,而我,垂垂老矣。希望她的一生不要像我一样孤苦。"

"她得了肺炎。昏睡中不停喊我的名字,醒来却只会对我流眼泪。我震惊。我没想到我要和那个女的结婚对她的影响这样大。"

"送她上学回来,觉得背上凉飕飕的,脱下衣服检视,才发现湿了好大一片。唉,这孩子。"

"医生宣布我的生命还剩一年。我无惧,但她是我的一件大心事。我死后,如何让她健康快乐的生活,是我首要考虑的问题。"

……

我捧着日记本子,眼泪簌簌地掉下来。原来他是知道的,他是知道的,我爱他!

又过了几天,那叠本子就不见了。我知道他已经处理了。他不想我知道他懂我的心思,但他不知道我已经懂了。

他是第二年的春天走的。

临终,他握着我的手说:本来想把你亲手交到一个好男孩手里,眼看着他帮你戴上戒指再走,来不及了。

我微笑。他忘了,我的戒指,20岁时他就给我戴上了。

给他换衣服时,我心潮难平,不自觉地把他紧紧地搂在怀里,吻着他的耳朵喃喃地说:我是你的女人,你的爱人。

瞑瞑中他闭上了眼睛。

书桌抽屉里有他一封信,简短的几句:我去了,可以想我,但不要时时以我为念,你能安详平和地生活,才是对我在地下最大的安慰。

我并没有哭得昏天黑地的。

半夜醒来,我似乎听到他说:孩子啊,上厕所小心啊!

到这时,我的泪,才肆无忌惮地汹涌而下。

感恩提示
gan en ti shi

小时候,曾听一位老师说过:"每个人都是苹果,上帝嘴馋,总喜欢对每个苹果咬上一两口,因而每个苹果都有缺口,每个人都有缺陷,如果你的缺陷较之他人更大,那是因为你这个苹果更可口,上帝往你身上使劲地咬了一口。"上帝爱她,她成了孤儿;上帝也爱他,他成了"文化旋涡"中的受害者。造物弄人,他与她竟意外地遇上了。都是上帝过分溺爱的宠儿,本该是天造地赐的一对,但命运却为他们划上了一条难以跨越的界限——年龄,还为他们上了一道不可逾越的鸿沟——父女。

这样也罢,偏偏他又患上了绝症,晚期;她痛急攻心,守候;他轻轻微笑,走了;她半夜醒来,孤单。

二十几年前他在火车站的垃圾堆边选择了紧紧把她(小女婴)搂在怀里,并许下了诺言:这孩子是我的命根子啊,不管发生了什么变化,我一生都会爱着她的。原来,亲情的顶端是没有血缘的。

她面对已将近走到人生尽头的他,选择了义无反顾的守候,也许下了诺言:我是你的女人,你的爱人。原来,爱情的巅峰不需要天长地久。我惊诧,我感动,我震撼,只因为他与她——两代人,分别用不同的两种方式,共同演绎的这两份情。

(杨广华)

看着这对快乐的老人,我想,或许我不是只爱那口汤吧,毕竟,父亲已经走了,而眼前这位老人,却是能照顾我母亲一生的人。

汤 水 一 生

◆文/梅 友

重回母亲的家,是这个冬日的一个下午。进了门,就听见继父在厨房里招呼:"先坐下等一会儿,汤一会儿就好。"

长这么大了,就是喜欢冬日的那口汤。

以前父亲在世的时候,每到冬天,必定要从打工三季的单位辞职,从大老远的地方回到以前生活的那个村庄,美其名曰:回家过冬。在冬日的暖阳中,依偎在父亲身边,看他把红枣、老鸡洗净下锅,做一个嘴馋的孩子,等着汤儿飘香。那时候,几季的辛苦,满身的疲惫,都会在父亲的一口汤里飘散,远离。而这个时候的父亲,是孩子眼里最亲切、最和蔼的时候。

后来,父亲生病了。

住在医院里的父亲,在弥留之际叮嘱着母亲:我去了以后,要好好善待自己。这辈子跟我没过上什么好日子,以后找个好人,孩子们都长大了,给自己找个家吧。

那年,我20岁。

听完父亲的话,我和母亲哭得撕心裂肺。父亲就在那个晚上走了。

如今,父亲已经过去了八年,母亲也在我和弟弟的支持下,有了自己的家。母亲挑选继父的条件很宽厚,只要人好,不管你有钱没钱,有权没权,什么都不重要,只求人家要善待我和弟弟,善待生活。母亲是幸运的,她挑到了继父。

这是个可以给人温暖的老头,虽然比母亲大了10岁。当初,母亲期期艾艾地把他领回家让我和弟弟过目的时候,从他慈爱的眼光里,我读到了父爱。弟弟说,他没有其他的要求,只要他对母亲好。看着老人在弟弟面前唯唯诺诺地点头,我想,母亲总算是有个依靠了。母亲和继父在春天里,领着周围的亲戚朋友喝了餐酒,就算正式结婚了。

婚后，母亲和继父住在离我不远的地方。周六的时候，母亲总是有电话来，让我们过去坐坐。不知道是怎么了，虽然知道继父对母亲很好，但是就是那短短的一段距离，我却总不愿意过去。或许，继父就是和父亲不一样吧。人啊，不是最亲的，心里总有那么一些疙瘩。虽然有时候也想去看看母亲，但是，就是下不了那份决心，就是不愿意踏入母亲的家门。

住我隔壁的张大爷，是父亲一生的朋友。父亲在世时，还时常托付他照顾我们。那天晚上，大爷敲了我的门。

把张大爷让进了屋子，我有感觉，大爷要说些关于母亲的事。

果然，大爷说："我晨练的时候常碰到你母亲。"

我点点头："嗯。"

"她过得并不好。"

"啊？难道那老头对她不好？"

"不是，是你们对她不好。"

"我们？"我拒绝接受大爷的说法。

对于母亲，我能做的只有这些了。虽然知道继父是个好人，但是我和弟弟还是坚持母亲和他结婚的时候做了财产公证。母亲一生清贫，但是我们不想她下辈子看别人的颜色吃饭，公证完，我和弟弟在母亲的户头里存下了足够她吃下辈子的钱。我和大爷说，我们能做的只有这些。

大爷摇摇头："你们啊，要知道你母亲要的不是钱。她都这把年纪了，还能花多少钱呢？你们要常去看看她。还有，那老李头也是个好人，而且你母亲选择他的时候，也是征得了你们同意的，你们现在却连他家门也不愿意进。"

老李头就是我的继父。

我知道，这个老头儿会对我母亲好的，否则，我也不可能把母亲那么放心地交给他。

大爷慢慢地喝着我为他冲的茶，半晌才说："老李头现在学了一手煲汤的好本领，你妈说，你喜欢喝你父亲煲的汤，老李头这把年纪了，硬是把棋瘾给戒了，跑遍了书店，找来好几十本菜谱，天天对着研究呢。为的就是你们哪天能开恩，想起来的时候能去一回，能让你妈高兴。"

送走了张大爷，我来到孩子的小房间里。孩子才4岁，正在上幼儿园大班，这个时候，他还没睡。我把孩子抱在怀里，问他："我们明天去看爷爷奶奶好吗？"孩子挣脱我的怀抱雀跃起来："好啊，好啊，每天爷爷和奶奶都在幼儿园的窗户外边看我呢。"

"啊？"

54

"妈妈,我忘了告诉你,爷爷和奶奶每天都会在幼儿园的窗户外边看我们小朋友做游戏。我上回表演了小白兔白又白,爷爷还夸我了呢。"

"那你怎么不告诉我?"

"我答应奶奶不告诉你的。你说了人要诚实,要遵守诺言。"

我有些想哭的冲动。抓起电话,打给母亲,告诉她我明天去看她和继父。母亲在那边半晌没做声,等了一会儿又连声地说"好啊,好啊"。我分明听见她那嗓子里有哽咽声。

带着孩子,穿越我那点儿卑微的心结,我敲响了母亲的门。看见我的刹那,母亲眼里有着惊喜,从我怀里接过孩子,忙对着厨房里的继父说:"老头子,我女儿来了。"

继父爽脆地应了一声:"先坐下一会儿,汤马上就好。"

母亲的脸,笑成了朵玫瑰:"这老头,天天盼着你们能来呢。学着做汤好久了,就想你们能过来尝尝,可是你们就是不来。"

我笑着答母亲:"这不是来了吗?以后会常来的,只要你们不嫌烦就可以了。"

继父已经从厨房里出来了:"怎么可能,盼你来都盼不来呢,怎么会烦啦。只要你们来,我和你妈比什么都高兴。"

母亲忙着给孩子拿这拿那,兴奋地在房间里转进转出。我拉继父的手让他坐下,或许是第一次和我离这么近的距离,继父有点儿不习惯,老是用手去拢那几缕花白的头发,我试着拢老人的肩头,想让他感觉一点儿温暖,一点儿家庭的气氛,老人的肩头在我的臂弯里有点儿僵硬。我说:"爸爸,以后我会常回来看你们的。"

继父说:"啊,好,好,好。"

气氛一时有点儿尴尬。或许老人还不习惯我会离他们的生活这么近。我忙说:"爸爸,我想喝你煲的汤。"

"好啊,好啊,我这就去给你们盛。"

看着继父起身离去,我在背影里分明看见了父亲的影子。

咕嘟咕嘟一口气喝完了继父盛来的汤水,抹抹嘴,告诉继父:"爸爸,我还想要一碗。"妈妈在一旁笑得开心,孩子在她的旁边已经玩得累了,睡着了。趁着继父去厨房的那一会儿,我告诉母亲:"妈,我会常来的,孩子您也可以接回家带。"

母亲说:"啊?我可以接孩子回家啊?"

"当然可以,只要你们不嫌他厌烦。"

母亲大声地对厨房里的继父说:"老头子,咱女儿说了,以后可以接孩子回家。"

继父又给我盛了一碗汤来。

"那好啊,那好啊,那孩子天天就放我们这儿吧。"

我一边喝汤,一边看着继父笑。

从母亲嫁给继父的那一刻起,我这是第一次踏进他们家门。看着这对快乐的老人,我想,或许我不是只爱那口汤吧,毕竟,父亲已经走了,而眼前这位老人,却是能照顾我母亲一生的人。就单单为他肯为我煲一锅汤,我也会爱他和母亲。

父亲已经离我远去了,继父就是我第二个父亲。小的时候,眷念父亲的汤水,以后,会在继父的疼爱中,继续过我的汤水一生。我想,我是幸福的吧,包括我的母亲。

感恩提示
gan en ti shi

这的确是篇能够催人泪下的文章。字里行间无不透露出一种对父爱的肯定。

文章的主角继父绝对称得上是一个好丈夫,好父亲。但是却无法得到非亲生女儿的谅解与关怀。主人公对"父亲"还存在猜疑和隔阂,因为这个"父亲"毕竟不是亲的。主人公对这个"父亲"没有强求什么,只希望能对她的母亲好。事实上,他做到了,为了她母亲,他戒了棋瘾,跑遍书店,找来许多菜谱,为的只是因为母亲说过:"我"喜欢喝父亲煲的汤。也是为了哪天继儿女们可以回家坐坐,喝口汤,让她母亲高兴一下。老李头的确是一个好丈夫。

当主人公知道父母亲去探望自己的孩子时,她终于感动了,她终于回家看看了。看着继女回家,叫了一声"爸爸",老李头是发自内心的高兴起来。当母亲得知能接孙子回家时,当真是高兴得差点儿跳了起来。

其实这位平凡的父亲也只是想对女儿付出一份爱以及获得女儿的爱与关怀。这是每一个父亲都想得的东西,儿女的一句关怀,虽然简单,却能使父亲感受到幸福。

父母亲已经开始衰老了,他们需要儿女们的关怀。其实父母的愿望很简单,一句问候,一次回家,喝一碗他们亲手煲的汤,对于父母,便是最快乐安慰的事了。让我们好好珍惜与父母之间的每一分钟,与父母共享快乐,不要再任性妄为了。

(陈　恺)

不过,在所有的东西中,我最喜欢的是你放在盒子底下的那张纸条。虽然我心中一直明白你是爱我的,但是,妈妈,我仍希望看到你写的纸条……

盛满爱心的午餐盒

◆文/洪涛

20世纪60年代初,我和丈夫成了两个女孩的父母。两个孩子温和、文静,年龄相差两岁。我投入了大量时间、精力和热情,当然还有耐心,担当起一个信心十足、和蔼可亲的母亲角色。

当两个女孩将近8岁和6岁时,我们又有了一对双胞胎儿子。这两个小家伙活泼好动,整天吵吵闹闹,顽皮任性。我的大女儿朱莉娅,成了我忠实的帮手。她帮我折叠大堆的尿布,带两个弟弟玩,还在我做饭时给他们讲故事。我尽可以放心地去依靠她,但或许我太难为她了。

我和两个女儿过去常常在垂柳下悠闲、愉快地喝茶、嬉闹,享受着无忧无虑的美好时光。但这一切突然一去不复返了。温柔的慈母慢慢变成了一个疲惫不堪、管束严厉的妇女。有时候因为过分劳累,我唯有无声地哭泣。每当朱莉娅看到我这样,便更加尽力帮助我。她从没抱怨过一句。

直到朱莉娅长大结婚以后,我才知道她曾受到的伤害。一天,她笑着问我:"妈妈,还记得给我准备的带到学校的午餐吗?那时候,我的所有同学都用漂亮精致的午餐盒装着午餐,我好想能有一个同他们一样的午餐盒呀!你知道和他们在一块吃饭时有多尴尬吗?那些色彩斑斓的午餐盒,里面塞满了他们的妈妈为他们准备的好吃食物。"

我身子朝前挪了一挪,我们的脸慢慢靠近,我目不转睛地盯着女儿。朱莉娅好像又变成了孩子,侃侃而谈:"珍妮的午餐一直是最棒的。她那精巧的三明治常常切成两半,有时则切成三角形、圆形,然后装进小塑料袋中。她还有洗得干干净净的胡萝卜!过节日时她能得到一块叠得平平整整的餐巾。她妈妈把小甜饼做成'心'形,并写上她的名字。

"天冷的时候,克莱尔的保温瓶里就会有热汤或热可可茶。另外,同学们的妈妈还把一些纸条塞在自己孩子的午餐盒里……"

我听得入了迷,朱莉娅在继续往下讲:

"妈妈,有时候,你把几根没有洗也没有削皮的胡萝卜扔进一个大硬纸袋,在两块硬面包上涂上花生酱,再扔过来一只发蔫的苹果和一块已经弄碎了的小饼子。我得花很多时间去卷叠那个硬纸袋,想方设法让它的体积变小点儿。"

"为什么你从来没告诉过我呢?"我问道,内心充满了懊悔。

她真诚地大笑起来,顷刻又变成了一个大人:"你当时太忙了。我看见你为了抚养我和几个弟妹是怎样拼死累活的,只是你完全顾不过来。我知道你一直很辛苦。不管怎么说,我和詹妮弗都有漂亮的衣服和与之相配的发带。还有在学校放学晚了或我们还不能乘公共汽车时,你就去接我们。记得你替我们买的雨衣和雨伞吗?"她在努力让我的感觉好一些。这么多年过去了,她还处处为我着想。

我不想中断刚才的话题:"午餐铃响起来的时候,你有什么样的感受?"

"呃……我害怕吃午饭。我把午餐袋藏在行李寄放处的杂物下面,总是希望……"她的神情突然活跃起来,"有一次,我发现袋子底下有一张纸片,我还以为是你写的纸条呢,仔细一看,原来是张食品标签。"

"我从不知道你想要一个午餐盒。"我轻声说道,心中充满了内疚。

好几年过去了,我时时想到朱莉娅多年渴望得到的那个午餐盒。我仿佛看到她拿着一个几乎同她身体一样大的硬纸袋,独自一人坐在餐室的一角,而她的同学却在一边吃着可口的三明治,一边读着他们的妈妈写的充满爱意的小纸条。

去年9月,朱莉娅的两个女儿在幼儿园上二年级了。她在相距五个州之遥的地方给我打电话,告诉我,她们刚刚上了校车,那是学校开学的第一天。

"妈妈,她们俩都带了她们自己的午餐盒。吉米的是粉红色的,凯蒂的是黄色的。你知道凯蒂她多喜欢黄色。我昨晚就把她们的午饭准备好了。"她的兴奋之情从电话那端不断传来,弥漫了我的厨房和心房。"三角形的三明治,妈妈,切得整整齐齐的,还有巧克力、葡萄、奶酪、自家做的小甜饼,熟鸡腿……每样东西都分别装在易开式袋子里。"

"朱莉娅,朱莉娅!"我简直是对着话筒叫了起来,"记住放纸条了吗?"

"放了,哦,放了!"她答道。

一天,我在起劲地清扫车库。朱莉娅的父亲几年前去世了,后来我再婚了,来到了千里之外的丈夫的农场,所以车库里的一切对我来说都是陌生的。我把手伸到一个纸板箱的里面,摸到了一件东西。一个锡皮午餐盒!盒子的前面画着一只老虎,正大嚼大咽着麦片,还开心地发出嗥嗥叫声:"棒极了!"这只午餐盒很有些年头了,可能是60年代留下的。我盘腿坐在车库的地板上,把午餐盒轻轻地抱在膝上,好像它是天外飞来之物,特地送给我的。

我的上帝,真有可能给我第二次机会吗?

"着手吧,"一个声音在悄悄地催促我,"现在还为时不晚。"

我把午餐盒拿到厨房,在水池里洗了起来,就好像在洗水晶玻璃一样小心。我的想象开始涌动,随之扩展,就像一只熟睡的小猫开始慢慢醒来。对已长大成人、生活在千里之外的女儿,母亲该给她的午餐盒里装些什么呢?棒棒糖,口香糖,还有一小把葡萄干。

想起来了,朱莉娅特别喜欢年代久远的和有情趣的玩意儿,我于是把好几个有近九十年历史的纸娃娃放进了一个易开式袋中。一条古式的花边手绢,一条非常古老的手绣茶巾,小小的空间装进了我对女儿的爱。我还将一把古雅的、镶有宝石的梳子,一册本世纪初出版的关于友谊的小册子装了进去。在书上,我写上这样的话:"朱莉娅,就把它当成一根洗净削好的胡萝卜,全吃完吧。"

在一个很小的缎质包里,我放进了一根古老的针,那是一个朋友数年前送给我的。朱莉娅喜爱的几小包化妆品和美发用品也放进了午餐盒。直到什么也装不下时,我才小心地将一块折叠好的餐巾盖在上面——餐巾上是一只棕色的大火鸡和一些金黄色的树叶,上面还写着"感恩节快乐",当然啦,在盒子的最底下我藏了一张纸条,上面用红色大写字母写着:"我爱你,朱莉娅,我的宝贝,祝你愉快!——妈妈。"

我带上精心捆扎好的包裹,驱车前往邮局,我开心地劝说自己:不要在意午餐盒迟到了二十年,不要在意朱莉娅已经快30岁了,毕竟她最后还是有了一个午餐盒!求求你,上帝,不要让它太晚了,我心中默默地祈祷着。

三天后,电话铃响了。开始我没有听出对方的声音。那人在电话里又是叫,又是喊,又是笑。"妈妈,我从没有意识到,我还是7岁,这真是太激动了,我差点儿喘不过气来,当我打开午餐盒的时候,我仿佛正坐在长条桌前,能闻到学校的气息,所有的同学都在看着我!"

"这么说来,那个午餐盒还不算太迟,是吗?"我用嘶哑的声音问道。

"太迟?噢,绝没有那回事……不过,在所有的东西中,我最喜欢的是你放在盒子底下的那张纸条。虽然我心中一直明白你是爱我的,但是,妈妈,我仍希望看到你写的纸条……"

情·深·似·海·的·65·个·父·爱·母·爱·故·事·

本文通过时间顺序,有条有理地叙述了文章的内容。如果爱表现出来,会是什么样的形式呢?让我们来阅读这篇文章吧。

大女儿从小时候开始,就已经非常善解人意。对于劳累的母亲,朱莉娅总是想方设法地帮助她。对于母亲有时照顾不了的事情,朱莉娅会挺身而出,帮助母亲减轻负担。就算她并不喜欢自己吃饭时所带的午餐袋,但为了母亲能轻松一点,从来没有提出要母亲给她买一个午餐盒。

大女儿越懂事,越使母亲产生了懊悔。为了弥补自己的过失。母亲决定给大女儿送一份迟到了二十年的午餐盒。母亲要付出她的爱,填补回女儿并不足够幸福的童年。

母亲开始回想,想起了朱莉娅特别喜欢年代久远的和有趣的玩意儿。她把好几个有近九十年历史的纸娃娃放进了一个易开式袋中。一条古式的花边手绢,一条非常古老的手绣茶巾,小小的空间装进了她对女儿的爱。她还把一把古雅的镶着宝石的梳子,一册本世纪初出版的关于友谊的小册子装了进去,对于这些礼物,母亲还写了一张纸条藏在盒子底下,上面用红色大写字母写着:"我爱你,朱莉娅,我的宝贝,祝你愉快!——妈妈。"

午餐盒虽然迟到了,但是母爱永远不会迟。当你爱你的孩子,你就告诉她,当你爱你的母亲,你也告诉她吧。尽管你们彼此都明白对方的爱,但是不要把爱藏在心底,打开心门,爱就能在交汇中充满每个人的心间。

(陈小明)

这时我才深深懂得,父亲想告诉我:人生就像碓窝上的青苔一样,时枯时荣,只要有口气,就会复活。

青石碓窝

◆文/阿 文

我们乡下八月十五不兴吃月饼,只兴吃糍粑。糍粑必须由体强力壮的中年男子舂打才够劲。糍粑的好坏就是看舂细打匀没有。

小时候,我家里穷,母亲又有病,一家人的生活全靠父亲。父亲是个石匠,农闲季节,就替人家打制碓窝。碓窝由青石制成,青石很难找,所以那年月,父亲制个碓窝,就能换回三十多斤米面,供一家人吃十天。

父亲年轻时,很有一把力气。记得我上小学二年级时,河里涨了大水,水面高过青龙桥,父亲居然把一个两百来斤重的青石碓窝背过了河。

后来制碓窝的人家少了,父亲的手艺也很少派上用场。即使偶尔有一两户人家要制,父亲打凿起来也非常吃力,因为父亲的力气衰弱很多了。

父亲打了一辈子石头,却没给自家留个碓窝。每逢中秋,偶尔有一两户人家端来一两个糍粑,父亲从来舍不得吃一口,全蘸了白糖给我和弟弟吃。那时父亲常说,明年吧,明年种点儿糯谷,制副碓窝,让全家人把糍粑吃饱。

一年又一年,父亲却一直没有兑现诺言。我考上高中那年,父亲高兴极了,终于从青龙湾背回一大块青石,精雕细磨半个月,把碓窝打成了。父亲鼓励我说,好好读书吧,明年,咱们就有糍粑吃了。

转眼到了第二年中秋。我惦记着父亲的诺言,专门请了假回家。我以为,父亲早就打好糍粑拌好白糖豆面,在大门口迎接我了。

谁知我回到家里,门却虚掩着,屋里也不亮灯,倒是病重的母亲长呻短吟着。母亲燃起油灯,泪汪汪地说:"今天过节,你爸说糯米好卖,一大早就挑去赶集了。"

我知道母亲的心里比我更难受。我止住泪水,来到老桃树下,那里有我日夜思念的青石碓窝。桃树光秃秃的,碓窝静静地躺着,里面有半窝积水,三两片桃叶被秋风轻轻一吹,银盘一样的月亮就不见了。

这时父亲回来了。他轻轻拭掉我眼角的泪水,摸出一把皱巴巴的钱,笑呵呵地说:"我正准备明天给你送去呢!早知道你要回来,我该留两斤糯米。"

当时我想,就算我不回来,你明天也要来学校呀,留两斤糯米打两个糍粑送来不一样吗?

后来,我跟父亲什么话也没说,我们背靠背坐在青石碓窝上。他望着天,我也望着天。也不知道过了多久,父亲突然咳了好一阵子,才缓缓地起身回到屋里,替母亲热了中药,和衣睡了。

直到我高中毕业,父亲也没替我打过一回糍粑。那个青石碓窝,一年比一年陈旧。碓窝上的青苔,一年比一年厚实。青苔水做的,一到天冷水枯就"死"了,第二年春雨一来,又青绿地活了。

高考落榜的那年秋天,大概是中秋节的前十天吧,我背着简单的行李去深圳打工。临别时,父亲用火纸包了一个小包给我。父亲没说里面是什么,只是说:"想家了,实在熬不下去了,就打开来看看吧。"

其实从踏出家门的第一步起,我就特别想家。我想我的母亲,也想我的父亲,更怀念老桃树下那个青石碓窝。每次思念到极处,我就想把纸包打开,但每一次我又未曾打开。我知道那是父亲留给我的最为珍贵的纪念,我不敢轻易碰它。

一转眼就是三年。三年来为了能让父亲过上舒心的日子,我一直没回过家。我把工资的整数都寄回去了。

前年中秋节前,我就计划好了,等发了工资,一定帮父亲捎回一盒上好的月饼。然而就在发工资的头天夜里,也就是农历八月十四的晚上,我却意外地收到了一个快递包裹,打开一看,是两个又圆又香的糍粑。

糍粑打得非常粗糙、甚至还能见到隐隐约约的米粒。这时我才突然明白,当父亲有能力为我们舂打糍粑时,已经老了,已经没有那股劲头了。

我一边啃着父亲生平第一次为我打制的糍粑,一边打开那个纸包,里面却是一团干枯的青苔。我端来半碗水、把青苔往碗里一放,枯黄的青苔就鲜活了。

这时我才深深懂得,父亲想告诉我:人生就像碓窝上的青苔一样,时枯时荣,只要有口气,就会复活。

去年中秋前夕,父亲永远地离开了我们。我从深圳赶回家时,父亲已经入棺,只有老桃树下的青石碓窝还静静地躺在那里。

我想,父亲在最后的日子,一定是一边念着我的小名,一边抚摸着这个青石碓窝吧。

今年中秋之后,我又回了趟老家。父亲的坟头光秃秃的,而老家的土屋门前,已是杂草丛生、青石碓窝上的青苔,也越来越厚了。

感恩提示
gan en ti shi

老父亲辛劳了一生,但是一切做法起初并没有得到孩子的体谅。父亲是个石匠,经常替别人打制碓窝。但自家却一个碓窝也没有,这让孩子不理解。"我"考上高中那年,父亲特别高兴,精雕细磨半个月,终于为自己家打造了一个碓窝,并承诺第二年给孩子做糍粑吃。但第二年,我回家时,他却把全部的糯米卖了,结果"我"什么也没吃到,于是我无法理解父亲。

青苔是水养的,一到天冷水枯就"死"了,第二年春雨一来,又青绿地活了。文章中的父亲用青苔教会了儿子一个道理:人生就像碓窝上的青苔一样,时枯时荣,只要有口气,就会复活。

老父亲最终用两个又圆又香的糍粑感动了儿子,并用那个青石碓窝将一个人生道理传递给了儿子。文章虽短,但是却隐藏着一份深沉而又感人的父爱。

父爱深深地藏匿于生活的每一个细节,只是我们缺乏细心发现的眼睛。每一个细节虽然都十分平凡,但我们也会因此而感动!

(莫文英)

这花绽放在我心灵深处,金灿灿的,热烈而深沉,那是母爱的花朵。其实,它年年都在开放,只是愚钝如我,至今才用心听到。

听到花开的声音

◆文/竹 影

63

一直以为,母亲是不爱我的。

曾听姑姑婶婶们说过,母亲生下我后,打算送人的。在姥姥的反对下,才未能如愿。原来,我是母亲要抛弃的孩子啊!从此心里留下了一个又冷又硬的疙瘩,留下了一个越来越紧的结,留下了一块越来越大的阴影。因此,有点儿自卑,有点儿孤单,有点儿倔犟,有点儿偏激。

母亲要剪掉我的小辫子,我死活不肯,抱着头哭个没完。她只好剪掉两个姐姐的,每天不得不早晨早早起来,急急忙忙给我扎辫子,再紧紧张张去生产队劳动。母亲要我穿姐姐的鞋子、衣物,我偏偏不干,我宁可穿着破衣服,光着脚丫子走来走去。她只好叹口气,连夜给我做新鞋新衣。母亲给我们姊妹四个每人做了一个粗布书包,我偏偏把粗布书包用竹竿挑着扔到房顶上去。因为我喜欢小伙伴那军绿色的体面书包,那上面红色的"为人民服务"的字多好看啊。母亲只好借口我考了双百分,单独给我买了一个。跟姐姐、弟弟争东西、打架,我绝不让步。即使我错了,也要狠狠地哭,大声地嚎,不依不饶。

不止一次听到母亲对别人说:"我这三丫头犟得像头毛驴。"

哼,毛驴就毛驴,反正我是你打算扔掉的。

果然,母亲对婶婶们说:"唉,早知道这丫头性子这么硬,真应该早早送了人!"

一次,村里来了算卦先生,母亲问:"我这三丫头犟得要命,你算算咋回事?"算命先生看看我说:"你这丫头眉毛又浓又黑,手拿筷子又后又远,将来嫁得远。"母亲赶紧说:"远了好,远了好,省得我操心。"我转身就跑远了,躲在柴火堆后生了一天闷气。

分田到户后,母亲一个人耕种 9 亩地。大姐、二姐上中学,我和弟弟读小学。父亲常年奔波在外,天南地北地搞铁路建设,难得回次家。一次,舅舅心疼母亲,说:"女娃娃好歹是人家的,认几个字就行了,让三丫头回来给你帮把手吧。"母亲说:"唉,这丫头虽然性子不好,但读书还心明眼亮。"我心里一动,深深地看了母亲一眼,狠狠地瞪了舅舅一眼。

母亲的这句话,鼓舞着我暗暗用功,直至考上了省城的中专。

终于要离开母亲了,终于要走得远远的,母亲该如愿了吧?

四年读书期间,母亲曾歪歪扭扭地给我写过很多信,寄过多次钱。每次都是吃饱、穿暖、好好学习之类。我每次都心安理得地取了钱。好像只回过一封信。长期的对母亲的疏远和隔阂,使我已经不会跟母亲融洽地交流,甚至习惯了冷漠和孤独。

工作后,我曾经学了一点儿简单的理发技术。先后帮姑姑、婶婶好多亲友理过发。但从未帮母亲理发。一次帮姨妈理发,姨妈悄悄问我:"小三啊,你对姑姑姨姨都很好,怎么跟你妈就没话说,后娘似的?"一句话勾起了我的眼泪。第一次把自己内心深处的疙瘩亮了出来。

姨妈惊讶万分:"你这是天大的误会你妈了呀。生你的时候,是困难时期,你刚生下时像小猫似的,你妈妈一滴奶水也没有,又买不起奶粉,你哇哇地哭,你妈才想将你送人求个活命的。可后来还是舍不得,靠小米粥才养活了你啊!你说你妈盼望你嫁得远远的,那只是一时气话。你妈后来还求算命先生替你想想办法,说你这么犟,嫁得远了,万一受人欺负,她不放心呢。"

哦,原来如此,原来……

一直以来,我只是耿耿于怀母亲曾经未遂的抛弃,只是自私地沉浸在自己的忧伤里,只是用一双冷漠的眼看待母亲深沉的爱,只是用一肚子误解、怨气来给母亲制造麻烦,给自己制造灰暗。

我,我试着拨开对母亲的偏见,试着认真地看待母亲。

我想起了我掉进池塘里,是她不顾一切地跳下去把我救起。我一脚踩在锄头上,是她奋不顾身地背上我徒步 20 里赶到县城求医。她曾在烈日暴晒下的麦田里挥汗如雨,也曾累得在白花花的棉花树下酣然入睡。她在绿茵茵的包谷地里风风火火地穿行,在开满槐花的院子里麻利地洗衣做饭。她曾在深夜里不知疲倦地纺线织布,也曾在阳光下骄傲欣喜地翻晒成卷成卷的亲手织的粗布。她曾拉着沉重的架子车飞快地跑,也曾挑着五颜六色的丝线细细地给我们绣有着蝴蝶的鞋垫。她曾快言快语地跟大家伙开怀说笑,也曾安静细腻地坐在灯下替我们缝衣做袄。她曾扛起上百斤的粮食健步如飞,也曾拿着我轻飘飘的录取通知书双手颤抖,喜极而涕。她表演的秦腔"秦香莲"声情并茂,惟妙惟肖,唱段优美,还有扮演《红灯记》的李铁梅大辫子一甩,就是掌声一片。她曾当选为大队的妇联主任,站在主席台上,面对黑压压的人群,声音洪亮地讲话,热烈的掌声围绕着她。她曾捧着劳动模范奖状,胸前别着大红花,脸上笑成一朵花。她把充沛的精力倾注在田地里,把饱满的热情操劳在生活里,只为换回我们微薄的口粮和健康的成长……

哦,我的母亲,她一直在为我们操劳着,她一直是爱我的。

第一次为母亲仔细地用心地挑选衣裳、食物、保健品,第一次渴望早点儿回到母亲身边去。推开院门,看到母亲操劳的身影,看到母亲见到我时惊喜的眼神。我心里一热。但说不出话来。我已经不习惯跟母亲交流,我已经不习惯发出有温度的声音。

我第一次拿起剪刀,帮母亲细细地理发。只是那一头曾经乌黑油亮的长发,而今已经稀疏了,露出了隐隐约约的头皮……

此时,院子里金灿灿的迎春花儿正噼里啪啦地绽放,枝头花儿正闹,春意正浓。此刻,我分明听到了花开的声音,这花绽放在我心灵深处,金灿灿的,热烈而深沉,那是母爱的花朵。其实,它年年都在开放,只是愚钝如我,至今才用心听到。

我张了张嘴,试图说点儿什么。但却什么也说不出来。

母爱无声,母爱如花。

感恩提示

gan en ti shi

见过铁树开花吗?

文中的"我"本来一直对母亲心怀怨恨。母亲生下"我"后,打算送人,于是"我"觉得母亲是不爱"我"的。曾经未遂的抛弃,一直以来"我"都耿耿于怀!并且自私地沉浸在自己的忧伤里!这种心态就像一棵"铁树",它还有绽出花朵的机会吗?

"我"从小脾气犟得要命,老是与母亲作对!因为"我"一直认为自己是母亲要抛弃的孩子,心理上有阴影,于是内心就有点儿自卑感、孤单感,思想上有点儿偏犟、偏激。在母亲为我算命时,说希望我嫁得远,觉得"我"嫁得远让她省心,这让"我"更加气愤,与母亲的心灵隔阂更大了!作为读者,看着这样的情节,内心也不由地紧张,禁不住为此叹息!

65

"我"考上省城的中专后，更是对母亲疏远。直至工作后，有一次跟姨妈闲聊，才清楚了当初母亲之所以想把"我"送人的原因。这让"我"十分震撼！为此也意识到一直以来，"我"都误解了母亲！

最终"我"悔悟了，"铁树"为此也开花了！我被母爱感化了！这花绽放在"我"的心灵深处，热烈而深沉，这是母爱的花朵！

（莫文英）

这时，我清楚地看到：我那五十多岁的父亲，向三十多岁的李处长，缓缓地跪了下来……

父亲为我蒙耻

◆文/张运涛

那年夏天我终于在学校出事了。

自从我步入这所重点高中的大门，我就承认我不是个好学生。我来自农村，但我却以此为耻辱。我整天和班里几个家住城市的花花公子混在一起，一起旷课，一起打桌球，一起看录像，一起追女孩子……

我忘记了我的父母都是农民；忘记了自己是一个多交了3200块钱的自费生；忘记了自己的理想；忘记了父母的期盼。只知道在浑浑噩噩中无情吮吸着父母的血汗。

那个夜晚夜色很黑。光头、狗熊和我趁着别人在上晚自习的时候，又一次逃出了校门，窜进了街上的录像厅内。当我们哈欠连天地从录像厅钻出来时，已是黎明时分，东方的天际已微微露出了亮色。几个人像幽灵一样在校门口徘徊，狗熊说："涛子，大门锁住了，政教处的李处长今天值班，要不翻院墙，咱上操前就进不去了！""那就翻吧，还犹豫个啥呀！"我回答道。

光头和狗熊在底下托着我，我使劲儿抠住围墙顶部的砖，头顶上的树叶在风的吹拂下哗啦哗啦地响，院内很黑，隐隐约约闻到一股臭气。我估计这地方大约是厕所，咬了咬牙，我纵身跳了下去。

"谁？"一个人从便池上站起来，同时一束明亮的手电照在我的脸上。哎呀！正是政教处的李处长，我吓得魂飞魄散，一屁股蹲在地上。

　　第二天,在政教处蹲了一上午的我被通知回家喊家长。我清楚地知道,一个对学生要求甚严的重点高中让学生回家意味着什么。我哪敢回家,哪敢面对我那面朝黄土背朝天的双亲!

　　在极度的惊恐不安中,我想起来我有一位远房亲戚,她与政教处一位姓方的教师是同学。我到了她家,战战兢兢地向她说明了一切,请她去给说情,求学校不要开除我,并哭着请她不要让我父亲知道这件事。她看我情绪波动太大,于是就假装答应了。

　　次日上午,我失魂落魄地躺在宿舍里。我已经被吓傻了,学校要开除我的消息让我五雷轰顶。我脑子里一直在想:"我被开除了,怎么办! 怎么办! 我该怎么办? 我该怎样跟父亲说,我还怎样有脸回到家中……"这时,门"吱"一声响,我木然地抬头望去——啊,父亲,是父亲站在我面前! 他依旧穿着那件破旧的灰夹克,脚上一双解放鞋上沾满了黄泥——他一定跑了很远很远的山路。

　　父亲一句话也没有说,只是默默地看着我。我看了出来,那目光中包含了多少失望、多少辛酸、多少无奈、多少气愤,还有太多太多的无助……

　　表嫂随着父亲和我来到了方老师的家里。我得到了确切的消息:鉴于我平时的表现,学校已决定将我开除。他们绝不允许重点高中的学生竟然夜晚溜出去看黄色录像! 已是傍晚,方老师留表嫂在家里吃饭。人家和表嫂是同学,而我们却什么也不是。于是,我和父亲跌跌撞撞走下了楼。

　　父亲坐在楼下的一块石板上喘着气。这飞来的横祸已将他击垮,他彻底绝望了。他把一生的希望都寄托在他的儿子身上,渴望儿子能成龙,然而,儿子却连一条虫都不是……想起父亲一天滴水未进,我买了两块钱的烙馍递给父亲。父亲看了看,撕下大半给我。艰难地咽下那一小块——脸上的青筋一条条绽出。那一刻,我哭了,无声地哭了,眼泪流过我的腮边,流过我的胸膛,流过我的心头。

　　晚上,父亲和我挤在宿舍的床上。窗外哗啦啦一片雨声。半夜,一阵十分压抑的哭声把我惊醒,我坐起来,看见父亲把头埋进被子里,肩膀剧烈地耸动着。天哪,那压抑的哭声在凄厉的夜雨声中如此绝望,如此凄凉……我的泪,又一次流了下来。

　　早晨,父亲的眼睛通红。一夜之间,他苍老了许多。像做出重大决定似的,他对我说:"儿啊,一会儿去李处长那里,爹让你干什么就干什么,你能不能上学,就在这一次啦。"说着,爹的声音哽咽了,我的眼里也有一层雾慢慢升起来。

　　当我和父亲到李处长家里时,他很不耐烦:"哎哎哎,你家的好学生学校管不了了,你带回家吧,学校不要这种学生!"父亲脸上带着谦卑的笑容,说他如何受苦受难供养这个学生,说他在外如何多苦多累,说他从小所经受的磨难……李处长也慢慢动了感情，指着我："你看看，先不说你对不对得起学校，对不对得起老师，你连你父亲都对不起呀！"

就在我羞愧地低着头时，突然，父亲扬起巴掌，对我脸上就是一记耳光。这耳光来得太突然，我被打蒙了。我捂着脸看着父亲，父亲又一脚踹在我的腿上："你这个不争气的东西，给我跪下！"我没有跪，而是倔犟而愤怒地望着父亲。

这时，我清楚地看到：我那五十多岁的父亲，向三十多岁的李处长，缓缓地跪了下来……我亲爱的父亲呀，当年你被打成黑五类分子，你对我说你没有跪；你曾一路讨饭到河北，你也没有跪；你因为儿子上学而借债被债主打得头破血流，你仍然没有跪！而今天，我不屈的父亲呀，你为了儿子的学业，为了儿子的前途，你跪了下来！

我"扑通"一声跪倒在父亲面前，父亲搂着我，我们父子俩哭声连在了一起……

两年后，我以752分的成绩，考入了华中师范大学。在拿到录取通知书那一天，我跪在父亲面前，恭恭敬敬地磕了三个响头。

感恩提示
gan en ti shi

男人膝下有千金，是不轻易下跪的。这位老父亲历尽生活的苦难都没有下跪过。但都五十多岁的人了为了儿子能够不被学校开除，可以继续念书，竟向学校领导跪下了。这位对命运不屈的父亲，为了儿子的学业，为了儿子的前途，他跪了下来！这一跪包含多少辛酸啊，多沉重啊！

他的这一跪，真的让读者也捏了一把辛酸泪！这位父亲的举动着实让人感动不已！

"我"来自农村，但"我"却以此为耻辱。我整天和班里几个家住城市的花花公子混在一起，一起旷课，一起打桌球，一起看录像，一起追女孩子……这一切体现了当时年幼的"我"是多么的无知，多么的虚荣，多么的自甘堕落啊！

但是父亲的一"跪"，让"我"彻底地觉悟了，从此改"邪"归"正"，最终学业有成，考上了重点大学。由此父亲的形象更加高大了起来！

这真是一位让人敬佩的老农民，好父亲！而"我"也成为了一个懂得爱父亲，回报父亲的好儿子。

（莫文英）

父亲也是个风趣的人,再坏的情况下,他也喜欢说笑,他从来不把痛苦给人,只为别人带来笑声。

期待父亲的笑

◆文/(台湾)林清玄

父亲躺在医院的加护病房里,还殷殷地叮嘱母亲不要通知远地的我,因为他怕我在台北工作担心他的病情。还是母亲偷偷叫弟弟来通知我,我才知道父亲住院的消息。

这是典型的父亲的个性,他是不论什么事总是先为我们着想,至于他自己,倒是很少注意。我记得在很小的时候,有一次父亲到凤山去开会,开完会他到市场去吃了一碗肉羹,觉得是很少吃到的美味,他马上想到我们,先到市场去买了一个新锅,买了一大锅肉羹回家。当时的交通不发达,车子颠簸得厉害,回到家时肉羹已冷,且溢出了许多,我们吃的时候已经没有父亲形容的那种美味。可是我吃肉羹时心血沸腾,特别感到那肉羹是人生难得,因为那里面有父亲的爱。

在外人的眼中,我的父亲是粗犷豪放的汉子,只有我们做子女的知道他心里极为细腻的一面。提肉羹回家只是一端,他不管到什么地方,有好的东西一定带回给我们,所以我童年时代,父亲每次出差回来,总是我们最高兴的时候。

他对母亲也非常体贴,在记忆里,父亲总是每天清早就到市场去买菜,在家用方面也从不让母亲操心。这三十年来我们家都是由父亲上菜场,一个受过日式教育的男人,能够这样内外兼顾是很少见的。

父亲是影响我最深的人。父亲的青壮年时代虽然受过不少打击和挫折,但我从来没有看过父亲忧愁的样子。他是一个永远向前的乐观主义者,再坏的环境也不皱一下眉头,这一点深深地影响了我,我的乐观与韧性大部分得自父亲的身教。父亲也是个理想主义者,这种理想主义表现在他对生活与生命的尽力,他常说:"事情总有成功和失败两面,但我们总是要往成功的那个方向走。"

由于他的乐观和理想主义,使他成为一个温暖如火的人,只要有他在就没有不能解决的事,就使我们对未来充满了希望。父亲也是个风趣的人,再坏的情况下,他也喜欢说笑,他从来不把痛苦给人,只为别人带来笑声。

69

小时候，父亲常带我和哥哥到田里工作，透过这些工作，启发了我们的智慧。例如我们家种竹笋，在我没有上学之前，父亲就曾仔细地教我怎么去挖竹笋，怎么看土地的裂痕，才能挖到没有出青的竹笋。二十年后，我到竹山去采访笋农，曾在竹笋田里表演了一手，使得竹农大为佩服。其实我已二十年没挖过笋，却还记得父亲教给我的方法，可见父亲的教育对我影响多么大。

也由于是农夫，父亲从小教我们农夫的本事，并且认为什么事都应从农夫的观点出发。像我后来从事写作，刚开始的时候，父亲就常说："写作也像耕田一样，只要你天天下田，就没有不收成的。"他也常叫我不要写政治文章，他说："不是政治性格的人去写政治文章，就像种稻子的人去种槟榔一样，不但种不好，而且常会从槟榔树上摔下来。"他常叫我多写些于人有益的文章，少批评骂人，他说："对人有益的文章是灌溉施肥，批评的文章是放火烧山；灌溉施肥是人可以控制的，放火烧山则常常失去控制，伤害生灵而不自知。"他叫我做创作者，不要做理论家，他说："创作者是农夫，理论家是农会的人。农夫只管耕耘，农会的人则为了理论常会牺牲农夫的利益。"

父亲的话中含有至理，但他生平并没有写过一篇文章。他是用农夫的观点来看文章，每次都是一语中的，意味深长。

有一回我面临了创作上的瓶颈，回乡去休息，并且把我的苦恼说给父亲听。他笑着说："你的苦恼也是我的苦恼，今年香蕉收成很差，我正在想明年还要不要种香蕉；你看，我是种好呢？还是不种好？"我说："你种了四十多年的香蕉，当然还要继续种呀！"

他说："你写了这么多年，为什么不继续呢？年景不会永远坏的。假如每个人写文章写不出来就不写了，那么，天下还有大作家吗？"

我自以为比别的作家用功一些，主要是因为我生长在世代务农的家庭。我常想：世上没有不辛劳的农人，我是在农家长大的，为什么不能像农人那么辛劳？最好当然是像父亲一样，能终日辛劳，还能利他无我，这是我写了十几年文章时常反躬自省的。

母亲常说父亲是劳碌命，平日总闲不下来，一直到这几年身体差了还常往外跑，不肯待在家里好好地休息。父亲最热心于乡里的事，每回拜拜他总是拿头旗、做炉主，现在还是家乡清云寺的主任委员。他是那一种有福不肯独享，有难愿意同当的人。他年轻时身强体壮，力大无穷，每天挑两百斤的香蕉来回几十趟还轻松自在。我最记得他的脚大得像船一样，两手推开时像两个扇面。一直到我上初中的时候，他一手把我提起还像提一只小鸡，可是也是这样棒的身体害了他，他饮酒总不知节制，每次喝酒一定把桌底都摆满酒瓶才肯下桌，喝一打啤酒对他来说是小事一桩，就这样把他的身体喝垮了。

在 60 岁以前，父亲从未进过医院，这三年来却数度住院，虽然个性还是一样乐观，身体却不像从前硬朗了。这几年来如果说我有什么事放心不下，那就是操心父亲的健康，看到父亲一天天消瘦下去，真是令人心痛难言。

父亲有五个孩子，这里面我和父亲相处的时间最少，原因是我离家最早，工作最远。我 15 岁就离开家乡到台南求学，后来到了台北，工作也在台北，每年回家的次数非常有限。近几年结婚生子，工作更加忙碌，一年更难得回家两趟，有时颇为自己不能孝养父亲感到无限愧疚。父亲很知道我的想法，有一次他说："你在外面只要向上，做个有益社会的人，就算是有孝了。"

母亲和父亲一样，从来不要求我们什么，她是典型的农村妇女，一切荣耀归给丈夫，一切奉献都给子女，比起他们的伟大，我常觉得自己的渺小。

我后来从事报道文学，在各地的乡下人物里，常找到父亲和母亲的影子，他们是那样平凡、那样坚强，又那样伟大。我后来的写作里时常引用村野百姓的话，很少引用博士学者的宏论，因为他们是用生命和生活来体验智慧，从他们身上，我看到了最伟大的情操，以及文章里最动人的素质。

我常说我是最幸福的人，这种幸福是因为我童年时代有好的双亲和家庭，我青少年时代有感情很好的兄弟姊妹；进入中年，有了好的妻子和好的朋友。我对自己的成长总抱着感恩之心，当然这里面最重要的基础是来自于我的父亲和母亲，他们给了我一个乐观、关怀、善良、进取的人生观。

我能给他们的实在太少了，这也是我常深自忏悔的。有一次我读到《佛说父母恩重难报经》，佛陀这样说："假使有人，为于爹娘，手持利刀，割其眼睛，献于如来，经百千劫，犹不能报父母深恩。

"假使有人，为于爹娘，百千刃战，一时刺身，于自身中，左右出入，经百千劫，犹不能报父母深恩……"

读到这里，不禁心如刀割，涕泣如雨。这一次回去看父亲的病，想到这本经书，在病床边强忍着要落下的泪，这些年来我是多么不孝，陪伴父亲的时间竟是这样的少。

有一位也在看护父亲的郑先生告诉我："要知道你父亲的病情，不必等你父亲就知道了，只要看你妈妈笑，就知道病情好转，看你妈妈流泪，就知道病情转坏，他们的感情真是好。"为了看顾父亲，母亲在医院的走廊打地铺，几天几夜都没能睡个好觉。父亲生病以后，她甚至还没有走出医院大门一步，人瘦了一圈，一看到她的样子，我就心疼不已。

我每天每夜向菩萨祈求，保佑父亲的病早日康复，母亲能恢复以往的笑颜。

这个世界如果真有什么罪孽,如果我的父亲有什么罪孽,如果我的母亲有什么罪孽,十方诸佛、各大菩萨,请把他们的罪孽让我来承担吧,让我来背父母亲的孽吧!

但愿父亲的病早日康复。以前我在田里工作的时候,看我不会农事,他会跑过来拍我的肩说:"做农夫,要做第一流的农夫;想写文章,要写第一流的文章;要做人,要做第一等的人。"然后觉得自己太严肃了,就说:"如果要做流氓,也要做大尾的流氓呀!"然后父子两人相顾大笑,笑出了眼泪。

我多么怀念父亲那时的笑。

也期待再看父亲的笑。

 **感恩提示**

gan en ti shi

台湾作家林清玄的这篇美文,题目简短平凡,而其所描述的内容,却是何其感人。

父亲不论什么事总是先为"我们"着想,至于他自己,倒是很少注意。父亲在病房里,却不希望远地的儿子担忧,让家人莫告知他的病情;在"我"小时候,父亲会不辞路途遥远颠簸,也想着把好吃的肉羹带回给孩子们吃。而细心的父亲每次回家,总是孩子们最高兴的时候。父亲总是让我们欣喜与感动,父亲也总是让我们惊奇与惭愧。无论在过去和现在,父亲都是儿女的物质给予者,而母亲则是精神鼓舞者。

父亲总是希望儿女们能继承自己的事业或精神,并且要比自己做得更好。作家的父亲是农夫。作者成为作家后,曾受过灵感贫乏的困难,想到过退缩。而其父亲却用香蕉收成欠佳而是否继续耕种的问题来启发和鼓励他。这体现了一个平凡的农夫的伟大智慧和坚毅的品格。

"做农夫,要做第一流的农夫;写文章,需要写第一流的文章。""如果要做流氓,也要做大尾的流氓。"幽默风趣的父亲让作者不禁想起往日与父亲的欢笑。而如今父亲病重,作者却因不能尽孝而愧疚不已。

孝道不是以前的事,也不是将来的事,一切从现在做起。为我们的父母尽应有的孝道,把欢笑留下,把遗憾赶走。

(李 钦)

或许世界上的人千差万别，性情不一，但所有的父亲却都一样，他们用自己的方式呵护着子女，保护着孩子们的安全。

"窝囊"的父亲

◆文/张正直

我的父亲大半生没得过什么荣誉，没有做过一件值得大家夸耀的事，也没有一段让儿女们骄傲的精彩片段，几乎都是在窝窝囊囊中度过的。从小到大，我和弟弟妹妹都有意无意地冷落过父亲，有时甚至对他充满了轻视。

父亲的窝囊在村里是出了名的。他不善言辞，老实巴交，胆小怕事，遇到困难就爱流泪。小时候，我是个非常顽劣的孩子，天天逃学，很少能静下心来学习。每到年终，父亲总是背着手站在家门口，眼巴巴地望着邻家的孩子捧回一张张"三好学生"的奖状，而我总是低着头，两手空空地回到家。为此，父亲虽然不说什么，但从他的表情中，我能感受到他有一种失望。上四年级的时候，有一次期终考试，我的数学考了个"大鸭蛋"，语文也不及格。班主任怕我拖了班级的后腿，劝我留级；而学校也劝我转到别的学校，并勒令我不用去上学了，让家人前来办理转学手续。当我将这个消息告诉父亲时，没有一点儿思想准备的他当时惊呆了，继而，一边抹着眼泪，一边蹲在地上"吧嗒、吧嗒"地抽起了旱烟……

第二天，父亲提着一篮子鸡蛋领着我来到校长家里，任凭父亲磨破嘴皮，可校长还是坚持让我转学："这孩子学习太差，跟不上。"父亲还是不甘心，又唠唠叨叨地说了一大堆好话。这时，校长有点儿不耐烦了，劝我们回去。顷刻之间，父亲"扑通"一声跪下了，流着泪说："校长，您就看在我这张老脸的分儿上，把我这娃留下吧！如果下学期他拿不到'三好学生'的奖状，您再开除他行吗？"

父亲的这一"壮举"，虽然使我免遭转学的厄运，但那时的我却认为父亲给家里丢尽了脸。父亲下跪的事很快就像长了翅膀，传遍了整个校园，我成了人们讥笑的"跪读生"，很长一段时间我在班里都抬不起头来。年少的我对此不但不感激父亲，反而认为父亲是个窝囊透顶的人。

第二年，当我把平生获得的第一张"三好学生"的奖状交给父亲时，他竟像喝醉了酒似的，在那两间简陋的、巴掌大的小草房里转来转去，对母亲不停地唠叨着:"贴在哪里好呢?贴在哪里好呢?"最后,父亲决定将奖状贴在他炕头的墙上。于是,他找来图钉,用长满老茧的双手,轻轻地将奖状贴好,又走过来反复摸着我的头问:"山子(我的乳名),什么时候你的奖状能把这面墙贴满呀?"他还嘱咐弟弟、妹妹向我学习。

在以后的岁月里,我和弟弟、妹妹每年都能带回"三好学生"、"优秀团员"之类的奖状来,父亲总会庄重地把它们一一贴好,并且按时间顺序贴得井井有条。土墙上的奖状,成了那两间穷得连张年画都没有的小草房里唯一的一道风景。每逢家里来了客人,父亲总是把人家领到那面墙前"参观",并摇头晃脑地拖着长腔给人家念几张。每当看到父亲的这些"表演",我心里感到滑稽可笑。

高一那年,我在全县的作文竞赛中碰巧获了个一等奖,当我无意中将奖状交给父亲时。一向不善言辞的父亲竟像着了魔一样,疯疯癫癫地跑到街上,到处吹牛:"我儿子考了全县第一名,将来绝对能吃上国库粮。"

"别吹牛了,你难道忘了为儿子下跪的事?"有人趁机揭父亲的"疮疤"。"我儿子有这个奖状,你儿子有吗?"父亲不服气,举起奖状和人家争吵起来。想不到一生谨慎、胆小怕事的父亲,这次竟和人家动起武来了,这是他有生以来第一次和外人打架。最后的结果可想而知,老实窝囊的父亲被人家打得肋骨折了几根,最后住进了县医院。事后,我不但不同情父亲,反而认为父亲是自作自受。

待父亲出院回到家后,我压在心头多年的火终于爆发出来,冲着父亲大声吼道:"爹,你往后再不要这样丢人现眼了行不行?这些破奖状有什么好炫耀的?你被人家打成这样,还不都怪你吹牛!"父亲低着头一声不吭,那窝囊的表情像是一个做错了事的孩子。我越说越气,随手从墙上扯下几张奖状,边数落父亲边把奖状撕碎。这时,我发现父亲的眼里蓄满了泪水……

第二天,令我惊异的事情发生了,昨天被我撕碎的奖状又被人一点点地粘了起来,重新贴在了原来的位置上。母亲告诉我说:"别跟你爹过不去了,他窝囊了一辈子,你又不是不知道。为了贴这几张撕碎的奖状,你爹流着泪整整拼贴了一晚上。"听了母亲的话,我就想,父亲窝囊了大半生,没得过什么荣誉,大概是借儿女的奖状来满足自己的虚荣心吧!

数年后,我和妹妹满足了父亲的愿望,分别考入了山东丝绸工业学校和泰安贸易学校,父亲收集奖状的劲头也就更足了。等我和妹妹参加工作后,那面黑乎乎的土墙上已被父亲用各种奖状和证书贴满了。每当看到这面墙,我就想,这些年来,父亲辛辛苦苦地摆弄这些奖状到底为了什么?我甚至怀疑父亲是不是有点儿心理变态。后来发生的一件事,才使我真正对父亲有了些了解。

1998年,我参加了某报社的招聘考试,由于多种原因,我落榜了。为此,我失望极了,从城里赶回乡下家中,不久便大病了一场。当我从昏迷中醒来的时候,只见母亲在旁边垂泪,父亲端着一碗热气腾腾的鸡汤送到我嘴边说:"孩子,你都两天没吃东西了,趁热吃下去吧!别再想考试的事了,你还年轻,还有机会。"望着父亲用枯柴似的手端来的那碗汤,我想起了自己这么多年在陌生的城市里生活的艰辛和孤寂,想起考试时那些干部子弟利用父母的职权取代我的情景,我不知哪里来的那么大力气,愤怒地坐起来,一巴掌把父亲手中的碗打翻在地,大吼一声:"我不吃!"霎时,那碗鸡汤洒了一地,碗也碎了。父亲面对儿子的无理和不孝却无言以对,他用那双苍老的眼睛惊诧地望着我说:"孩子,你怎么了?"我愧疚地抬起头来,无意中瞥见墙旮旯里的蜘蛛网上,一只飞虫正在挣扎,我指给父亲说:"爹,如今在蜘蛛网似的关系里,由于你是无权无势的农民,你儿子只能是那只任人宰割的飞虫!你懂吗?""不,"父亲坚定地摇了摇头回答,"这张蜘蛛网只能粘住像蚊子、苍蝇一样的飞虫,却粘不住鹰——我相信我儿子是一只鹰!"说完这话,父亲已泪流满面。我第一次发现,父亲的语言竟是这样的生动有力!

但真正使我认识父亲的,却是家里发生的一场火灾。

据母亲讲,那场火灾是因为邻家的孩子玩火,不小心点着了自家的房子,又烧到我家。当时,父亲刚从田里回来,二话没说,扔下锄头便疯了似的闯入那两间烈焰腾腾、浓烟滚滚的小草房里。母亲和周围的邻居都惊呆了,都在想,窝囊了大半辈子的父亲怎么这样勇敢、果断,难道这两间破屋里藏着比他生命还重要的宝贝不成?大约过了十来分钟,父亲满身是火,摇摇晃晃地跑了出来,两只胳膊紧紧地护着胸口,好像怀里揣着一件稀世珍宝似的。就在父亲跑出来没几步,身后"轰隆"一声闷响,那两间草房惨然倒下,父亲也昏厥了过去……待母亲和周围的邻居把父亲抬到安全的地方,他老人家已不省人事,唯有额头上那凸起的血管恰似一条条蠕动的蚯蚓。母亲小心翼翼地挪开父亲那瘦骨嶙峋的胳膊时,发现父亲怀里揣着的竟是一捆发黄的旧奖状——那是我和弟弟、妹妹从小学到今天获得的全部荣誉呀!

我永远忘不了在医院见到父亲的情景。父亲昔日那淡淡的眉毛、稀疏的头发、乱蓬蓬的胡子全烧焦了,身上也被烧伤了多处。原来的肺病更重了,不停地咳嗽。他睁开那双苍老、无力的眼睛,慈爱地注视着我,用微弱但坚强的声音告诉我:"孩子,你和弟弟、妹妹的那些奖状一张也没烧着,待我们把房子盖好后,再重新贴上……"

我的眼泪"扑簌、扑簌"地滴了下来。那一刻,我终于明白,儿子本身就是父亲的作品,儿子的每一点儿成绩、每一个进步,都是贴在父亲心头的奖状;儿子的成功,就是父亲终生渴望、梦寐以求的莫大荣誉。其实,父亲原本并不窝囊,但是为了儿女的前途,父亲何计生死荣辱!

感恩提示
gan en ti shi

在这篇文章里我看到了一位父亲，他"不善言辞，老实巴交，胆小怕事，遇到困难就爱流泪"；他被所有人看不起，处处受人欺侮，遭人戏弄；他甚至被自己孩子们也看不起，窝囊了一辈子。但就是这样一位父亲却用他自己的方式，关注着子女们的人生之路。不管是孩子们取得的任何一点儿成绩，得到的任何一张奖状，他都悉心收藏，视若珍宝。因为向别人炫耀，还遭受到了屈辱。当一场大火从天而降时，老实了一辈子，窝囊了一辈子的这位父亲，竟然做出了惊人之举，毅然冲进火海，抢出了孩子们的奖状。父亲的眉毛头发胡子都烧焦了，但奖状却被安全地抱出了火海。读到这个场面时，我的心里像文中的那位儿子一样充满了酸涩。或许世界上的人千差万别，性情不一，但所有的父亲却都一样，他们用自己的方式呵护着子女，保护着孩子们的安全。因为那颗作为父亲的心是一样的，那心里都装着沉甸甸的父爱。

（安 勇）

第三辑
爱心创造的奇迹

岁月,抛落我一双又一双鞋子
风雨,脱掉我一件又一件衣裳
家园,赐予我一座又一座路标
母亲,永不疲倦地向我凝望
古老而又永恒的关爱
在岁月的山路上,我为你写下脚印
在风雨的旅途中,我记住你的笑容
在岁月的风雨中——
我带着感恩和虔诚,为你祝福

"让妈妈陪你一起疼好吗?"孩子点点头又摇摇头。母亲把自己的手放在女孩的唇边说:"疼,你就咬妈妈的手。"

病房里的感动

◆文/张燕梅

感
恩
父
母

78

晚上9时,医院外科3号病房里新来了一位小病人。小病人是个四五岁的女孩。女孩的胫骨、腓骨骨折,在当地做了简单的固定包扎后被连夜送到了市医院,留下来陪着她的是她的母亲。

大概因为是夜里,医院又没有空床,孩子就躺在担架上放在病房冰冷的地板上。孩子的小脸煞白,那位母亲一直用自己的大手握着孩子的小手,跪在孩子的身边,眼睛一眨也不眨地盯着孩子的脸。

"妈妈,给我包扎的叔叔说过几天就好了,是不是?"

"是!"母亲的脸上竟然挂着慈爱的笑,好像很轻松的样子。

"妈妈,那要过几天?"孩子的声音很小。

"用不了几天,孩子。"

孩子没有说话,闭上眼睛,眼泪流了出来。

过了一会儿,孩子说:"妈妈,我疼!"

母亲弯下身子,把自己的脸贴在孩子的小脸上,用自己的脸擦干孩子的泪水。当她抬起头的时候脸上依然挂着那种轻松的慈爱的笑:"妈妈给你讲故事好吗?"孩子点点头,眼泪还是不停地流下来。

母亲讲的故事很简单:大森林里的动物们都来给大象过生日。它们各自都送给大象珍贵的礼物,只有贫穷的小山羊羞怯地讲了一个笑话给大象,大象却说,小山羊给大家带来了欢乐,它的礼物是最值得珍惜的。

不知道母亲为什么选了这样一个故事。孩子的眼睛亮起来,她一边用手抹眼泪,一边用快活的声音说:"妈妈,它们有蛋糕吗?我过生日的时候你是不是也会给我买最大的蛋糕?"

"当然要买蛋糕,等你好了,出院的时候我们就一起去买蛋糕。"母亲的声音那样轻快,孩子也笑了。

"妈妈，再讲一遍。"于是，母亲就一遍一遍地讲下去，她的手一直握着孩子的小手，脸上挂着轻松的慈爱的笑。

女孩终于忍不住了，眼泪再次流下来："妈妈，我很疼！"并轻声哼起来。母亲一边给孩子擦眼泪一边问："你想大声哭吗？"孩子点点头。病房却是出奇的安静，不知道是不是大家都睡了。那时已经是夜里11点多了。

"让妈妈陪你一起疼好吗？"孩子点点头又摇摇头。母亲把自己的手放在女孩的唇边说："疼，你就咬妈妈的手。"孩子咬住了妈妈的手，可是眼泪还是不停地流。

后来，孩子终于闭上眼睛睡着了，脸上还挂着泪水，母亲这时却是泪流满面。

凌晨3点的时候，孩子就从梦中疼醒了，她叫了一声"妈妈"就轻轻地抽泣起来。母亲忽然没了语言，她不知所措了，嘴里只是轻轻地叫着："我的孩子！"

"孩子要哭，你就让她大声地哭吧。"一个声音在房间里响起。"孩子你哭吧。"房间里的人一齐说。他们竟是醒着的。

母亲看着孩子的脸，说："想哭就哭吧，好孩子。"

"妈妈，叔叔、阿姨不睡了吗？"孩子哽咽着问，眼泪浸湿了她的头发。她的小脸像个天使。

屋子里能走动的人都来到了孩子的跟前，一名40岁左右的妇女拿起一个橘子，一边剥皮一边说："吃个橘子吧，小宝贝，吃了橘子，你就不疼了。"说着眼泪滚落在孩子的脸上。孩子吃惊地看着她，然后伸出自己的小手去擦阿姨脸上的泪，那女人更止不住地哭泣起来，"我从来没看到过这么懂事的孩子……"

那一夜，大家都没有再睡，大家都被感动着，被那孩子感动着，被孩子的母亲感动着。有一个称职的母亲才会有这样优秀的孩子。

感恩提示
gan en ti shi

伤在儿身，疼在娘心！小女孩的泪水浸透了妈妈的心。整个世界有多少种爱在搏动？然而没有一种能够像母爱这样无私地奉献。整个病房此刻的寂静，就像是在聆听母爱的声音。妈妈的照顾以及无偿的爱护就像那晶莹的泪珠一样清澈纯洁。当自己的孩子受到伤害的时候，那默默地在旁流泪的母亲的内心的伤痛又向谁诉说？文章自始至终都没有谈及到母爱如何的伟大，然而却从小女孩的语言及神态的描写，以及当时病房里的人们的反应表现了出来。这就是文章独到的地方。

这位母亲除了不顾一切地爱护疼惜自己的孩子外，此时此刻，她的心也容纳了病房里的人，为了不让孩子的哭声烦扰到其他病人的休息，母亲选择了默默地与孩子承受创痛。由此，这位母亲的形象就更加高大起来了。读完这篇文章后，真的无不为其真情而动容！

"有一个称职的母亲才会有这样优秀的孩子"！

（陈静怡）

读完妈妈的遗书，泪水模糊了我的双眼，我终于明白了妈妈的冷眼、打骂、无情，那全是为了我今后的自强自立啊！

我终于读懂了母亲的"凶与狠"

◆文/廖武洲

我清楚地记得，在我9岁以前，我的爸爸、妈妈都把我视若掌上明珠，我的生活无忧无虑，充满了欢乐。但自从我母亲和我父亲去了一趟武汉的某医院后，我的生活就大不如从前了。

冷眼相向

我的父母回来的时候是在晚上。说实在的，在我幼小的心灵中，我最喜欢的是我的妈妈。每次妈妈从外地回来，我都会娇模娇样地跑上去，张开双臂扑到她怀里要她抱，即使我9岁了，依然如此。然而这次妈妈不仅没像以前那样揽我到怀里，抚摸和亲我，反而板着一张脸，像没看见我似的，她借着我奔过去的力量，用手将我扒拉开，把我扒到爸爸的腿跟前，她却径直往房里去了。我顿时傻了眼。

打这以后的几天里，无论我上学回来，还是在家吃饭，妈妈见到我总是阴沉着脸，即使她在和别人说笑的时候，我挤到她跟前，她脸上的笑容也立刻就像肥皂泡一样消失了。

打骂相加

我的妈妈第一次打我，是在她回来的十多天后。

那天中午我放学回来,我的妈妈竟然没有做饭。我以为妈妈不在家,便大声地喊妈妈。这时妈妈披散着零乱的头发从里屋走了出来,恶声恶气地骂我,并掐着我的胳膊把我拖进屋里,要我自己烧饭。我望着一脸凶相的妈妈,嘤嘤地啜泣起来。哪知妈妈竟然拿起锅铲打我的屁股,还恶狠狠地说:"不会烧,我教你!"她见我不动,又扬起锅铲把打了我一下,这时我发现她已气喘吁吁,好像要倒下去的样子,我开始有点儿自责了,也许是我把她气成这样的呢,忙按照她的吩咐,淘米、洗菜、打开煤气罐……

这样,在她的"命令"下,我第一次做熟了饭。

更使我不理解的是,她还挑唆我的爸爸少给我钱。以前我每天早餐是1元钱,中餐是1元钱,从那一天起,她将我的早餐减为5角钱,中午一分钱也不给。我说我早晨吃不饱,一天早晨我起码要吃两个馒头。她说原来她读书的时候,早餐只有2角钱。她还说饿了中午回来吃的才饱些,吃的才有滋味儿些,以后只给5角钱,叫我别再痴心妄想要1元钱。至于中午那1元钱,更不应该要,要去完全是吃零食,是浪费。这样,我每天只能得到5角钱了。特别是中午,别的小朋友都买点儿糖呀、瓜子呀什么的,而我只能远远地站在一边咽口水。打这起,我恨起了我的妈妈,是她把我的经济来源掐断了,是她把我和小朋友们隔开了。

我的苦难远不止于此。由于我的爸爸在外地工作,我只能和我的妈妈在一起。有好几次,我哭着要跟爸爸一起走,爸爸抚摸着我的头安慰我,他说他正在跑调动,还有一个月,他就能调回来了。

不能跟爸爸走,在家只得受妈妈的摆布了。又过了一段时间,妈妈她竟连菜也不做了。我哭着说我做不好菜,她又拿起锅铲打我,还骂我:你生来干什么,这不会做,那不会做,还不如当个猪狗畜牲。在她的"指导"下,我又学会了调味,主要是放油盐酱醋,还有味精。

我的爸爸只用很短的时间就把调动跑好了。那天他一回来就催促我的妈妈住进了医院,他也向单位请了长假。

欲哭无泪

妈妈住进医院的第一个星期天我去探望她。她住在县人民医院的传染病区。到病房后我看到妈妈正在输液。已经睡着了。

爸爸轻轻走上前去,附在她的耳边说我来看她了。她马上睁开了眼睛,并要爸爸把她扶起来坐好。开始时她的脸上还有一丝笑意,继而脸变得乌黑并用手指着我:"你给我滚,你快给我滚!"

我本来就恨她，霎时，我想起了她对我的种种苛刻，马上头一扭，气冲冲地跑下了楼。我发誓今生再不要这个妈妈。

三个月后，妈妈死于肝癌。葬礼上，我没有流一滴泪。接灵的时候，要不是我的爸爸把我强按着跪在地上，我是不会下跪的。

继母恩情

三年后，我有了继母。

尽管我的继母平时不大搭理我，但我总觉得她比我的生身母亲好。

关于我的早餐问题，那天我偷听到继母和我爸爸的谈话。我爸爸坚持每天给我1元钱的早餐费，可继母说孩子大了，正是长身体的时候，每天给他2元钱的早餐费吧。第二天，我在拿钱的地方果然拿到了2元钱。

我开始喜欢我的继母了，除了她增加了我的早餐费这一层原因外，还有另一层原因：我每天放学回家，不用烧火做饭了。有时我的继母因工作忙，提前上班去了，她总给我留下饭和菜。有时尽管是剩菜，但我一点儿怨气也没有，比起我的生身母亲在世时，那种冷锅冷灶的景象不知要强多少倍。

我讨继母的欢心是在她一次得了感冒时，那天她烧得不轻，我去给她找了医生，看过病输过液后，她精神略显好转。之后，她强撑着下床做饭。我拦阻了她。我亲自动了手。这天，我拿出生身母亲教给我的招式，给她熬了一碗鱼汤，随后做了两碗她喜欢吃的菜，乐得她笑眯眯的。晚上，当我上完晚自习回家，我的继母在我的爸爸面前赞扬我是一个聪明乖巧的孩子。

母爱深长

转眼我已15岁了。1998年的7月，在中考中，我有幸考上了县里的名牌中学。

我的爸爸高兴，我的继母也高兴。但我爸爸犯了愁，因为手头的钱有限。但我的继母却说，没有钱先挪挪，哪家没有个事儿，伢儿只要能读上书，要多少钱我来想办法。

我继母说着话的当儿，我爸爸突然拍拍脑门儿，说他记起了一件事。他马上进屋去，从箱子里拿出一个两寸见方的铝盒，铝盒上了锁，他对我的继母说，这是先妻生前留下的。他马上把我喊来跟我说："你妈妈临终前有叮嘱，这个铝盒非要等你上高中才能打开，否则她到阴间也不能饶恕我。"

我摇摇头，转身便走，哪知我的爸爸用命令的语气叫我回来。他说你妈生前抚养了你一场，一泡屎一泡尿多不容易？无论你多么恨她，你都应该看一看。这时我的继母也发了话，说我爸爸说得对。无奈，我接过了铝盒，走进自己的房间。开锁的钥匙我妈妈死前丢弃了，她要我砸开或撬开它。我找来一把钳子，不费吹灰之力就扭开了那把锁。

铝盒内有写满字的纸，纸下是一张储蓄存折。我展开纸，熟悉的笔迹跳入了眼帘：

儿：

当你读到这份遗书的时候，妈已经长眠地下六个年头了。如果妈妈果真有灵魂存在，那就算是妈妈亲口对儿讲了。

你还记得吧，当我和你爸从武汉回来的那天，你撒娇地向我扑来，我觉得我儿太可爱了。我正想把我儿抱起来好好亲亲，但一想起那天在医院检查的结果，妈妈的心颤抖了。妈得了绝症啊。在武汉时，你爸非要我住院，我首先想到的就是我儿，我儿还小，所以我没住。

妈将不久离世，可我儿的路才刚开始。我以前太溺爱我儿了，儿想要什么，妈就给什么。我担心如果我死后，我儿不会过日子，会拿妈和继母相比较，那我儿就坏事了。因此，在武汉我就拿定主意，我要想办法让我儿恨我，越恨我越好。

妈怎舍得打我的儿哟！儿是娘心头的一块肉，你长到9岁，妈没有用指头弹我儿一下。可为了让我儿自己会做饭、自己会过日子，妈抄起锅铲打了我儿。可当你去淘米的时候，妈进屋流了长长的泪水……

我知道我在世的时日不多了，为了多看一眼我儿，我每天半夜起来服药的时候，就在儿睡的床边坐上几个小时，摸我儿的头、手脚，直到摸遍全身……特别是有两次我打了我儿的屁股，我半夜起来特地看了打的位置，虽然没有青紫，但我还是摸了一遍又一遍。

儿啊，我死前你的外婆筹集到5000元钱，送来给我治病。我想现在读书费钱，特别是读高中、大学，所以我就托人偷偷地把这笔钱存下了。你的外婆几次催我买药、买好药治病，我都推脱了，有时还违心地说已经买了新药。现在，这笔钱包括利息在内能不能交够读高中、大学的学费？要是交不够，我儿也大了，可以打工挣钱了。

……

读完妈妈的遗书，泪水模糊了我的双眼，我终于明白了妈妈的冷眼、打骂、无情，那全是为了我今后的自强自立啊！

我痛哭失声，冲出家门，爸爸、继母尾随我而来。我边跑边哭边喊——我的好妈妈呀！一直喊到我妈妈的墓旁。

在妈妈的墓前，我长跪不起……

感恩提示
gan en ti shi

看了这篇《我终于读懂了母亲的"凶与狠"》后我深受感动。文章采用"扬—抑—扬"的手法，表现了母亲对"我"的爱和"我"多年对母爱的不理解。原来母亲的声声责骂是为了在自己离开儿子的时候，儿子不那么伤悲，可以自然过渡到一片新的、不会因为少了母爱而阴霾的天空。母亲的良苦用心，让读者都抹了一把辛酸泪。很多人都这样，总等长大后，才会切身理解母亲的爱及母亲在人生中的作用。然而，年少轻狂的我们，却不能理解母亲真切的爱。有时我们能理解母亲的表面层次的爱，却不能体会打骂背后的真情。

到最后儿子得知真相时已经是"树欲静而风不止，子欲孝而亲不在"了，真让人遗憾。从这篇文章中，我们应该得到这种启示：世上没有哪一个父母是不爱自己的子女的，即使是打骂也蕴涵着深厚的爱意。我们要学会感受父母的爱，回报父母的爱。

（刘　阳）

父亲配制的草药之所以能让我药到病除，里面除了父亲用心良苦寻找的各种药材以外，其中还有一种特别的成分，那就是——父亲对我深深的爱！

药里有种成分叫父爱

◆文／邓军清

听母亲说，我从小体质很弱，稍微受点儿风寒就会发烧，而一发烧，喉咙便开始肿大，直至不能进食。

这样,背着我上医院打青霉素便成了父亲每天做农活前要做的第一件事。

由于长期使用青霉素,我的身体对其逐渐产生了抗性,以致后来发烧时,医生用药的剂量越来越大。

医生还告诉父亲,我的这种病是从母体带来的一股热毒,根本没法根治。但父亲从来就不相信,为了治好我的病,没多少文化的他竟买了一些中医药方面的书籍自个儿研究起来。他对母亲说:"既然医生说孩子身上带了一股热毒,我们就挖一些清凉解毒的草药去一去孩子身上的火气。"

在我的记忆中,那段日子父亲刚忙完农活,就又扛着锄头到离家十多公里的公子山去挖草药。听父亲说药性好的草药一般都长在深山里,有时为了寻找到书里所描述的药,他必须先砍掉一大片荆棘才能找到。

有一次,到了晚上9点钟,父亲依然没有回家,六神无主的母亲便拉着我们兄妹几个点着火把去寻找父亲。当我们来到公子山的半山腰时,父亲听到了我们的呼喊。原来,父亲为了去采一些悬崖边上的金银花,一不小心踏空了,从一棵松树上摔了下去。父亲当时呼救了好几次,却没有一个人听到。

当我们把父亲拉上悬崖时,父亲的脸上、身上到处都是一道道深深的伤痕,被摔伤的左手红肿得像个刚出锅的馒头,却死死攥着一些采来的金银花。看到全家人,一天未进食的父亲笑了:"我还以为要在这个悬崖脚下待上两三天呢!"父亲一笑,脸上那些刚刚凝固的伤口又流出了鲜红的血液,顺着脸往下流。回家的路上,除了父亲,全家人都是边走边哽咽。

父亲摔伤的左手,半个月才渐渐消肿、痊愈。但就在这期间,父亲还坚持去公子山挖草药。很快,父亲从山上挖回的草药摆满了家里的整个后院。

看到这些根根草草,母亲很是担心,生怕父亲挖回来的药,不仅治不好我的病,还会把我的身体毒坏。父亲也有同样的担心,于是一服药熬好后第一个喝的总是没病的父亲,他喝下去如果没事,第二天才会让我喝。

一次,父亲在喝完一种新药后上吐下泻,没过几天整个人都消瘦了一大圈,两个眼窝都凹陷下去了。心疼得母亲把父亲的药罐子藏了起来,再也不让父亲去研制草药了:"你这样,不仅孩子的病没有治好,还把自己的身体搞垮了,以后一家人怎么活呀!"

固执的父亲却并没有因此而选择放弃,等母亲出去做农活了,他又开始用家里的饭锅煮他的草药。

精诚所至,金石为开。后来我犯病时,竟然真的不用打针了,只要喝了父亲熬制的中草药,就会奇迹般地渐渐好起来。慢慢地,父亲的药也变成了我们当地的一种秘方,不仅可以治好我从母亲体内带来的热毒,还可以医治其他孩子因火气引发的一些疾病。

就这样，父亲的草药一直伴随着我成长，直到我到离家几百里外的城市求学，才离开了父亲的药罐子。

在学校里，我发烧时只能往学校的医务室跑。一次，我因发烧引起扁桃体发炎，喉咙痛得无法吃进一点点东西，在医务室打了整整一个星期的点滴也不见好转，吓得班主任连忙给父亲打电话。

第二天凌晨两点多，迷迷糊糊的我突然听到外面有人敲门，宿舍里的同学打开门，我看到的是被雨淋透的父亲给我送药来了。父亲是连夜乘火车于凌晨1点到达学校所在的城市的，此时公共汽车也停开了，父亲就提着一袋药，匆匆地走了20多里的夜路来到学校。

深更半夜，宿舍里也没有热水了，父亲给我喝完药以后就上床睡觉了，不知是我身体烧得发烫，还是父亲一路上吹着冷风的缘故，我只觉得父亲的脚冰凉冰凉的，当我把他的两只脚放在腋下的时候，两行热泪情不自禁地流了下来。

第二天，父亲要赶回老家，在上车前他乐呵呵地告诉我，现在他往药里加了一种保鲜剂，熬好的药用可乐瓶子装着放一个月都没事！

看着父亲的笑脸，一阵暖意从我心底荡漾出来。我想：父亲配制的草药之所以能让我药到病除，里面除了父亲用心良苦寻找的各种药材以外，其中还有一种特别的成分，那就是——父亲对我深深的爱！

感恩提示
gan en ti shi

父亲的爱，有时是这么的含蓄，以致许多的孩子把它给忽略掉……

文中的父亲，爱他的孩子爱到如此程度，我觉得就算是再粗心的孩子，都应该感受到他的爱的。能够如此地把生命豁出去，去深山里摘草药，不让人感动吗？能如此的大胆，为了自己的孩子，去尝自配的中药，不值得感动吗？孩子病了，千里迢迢，于凌晨给孩子送药，不使人感动吗？

父亲，总是把孩子的心贴着自己的心，但是，口里却不说。

父亲的爱体现在药上，就像作者说的那样"药里有种成分叫父爱"，这种成分是永远都不会失传，永远都不会失效的。只要你善于发现，爱，永存！

可是，如今有许多孩子，可能是因为享受惯了父母的无微不至的爱，以致他们丧失了感受爱的触觉，甚至会因为小事的摩擦而对父母埋怨与疏远。有时候，我觉得，两代之间的隔膜，更大的受害者是父母，因为，他们的付出，不被了解，甚至还

86

要被误解,可怜天下父母心啊!

爱,需要相互间的理解与相互间的发现。

让我们对父母的爱多点理解吧,在生活中要懂得发现爱,回报爱。

(莫文英)

父亲坠下后,双手捂在胸口前……我知道,我知道,父亲在灾难和死亡突至的刹那,还惦挂着我,还在保护着他的心脏,因为,那是一颗他渴望移植给我的心脏!

摔 碎 的 心

◆文/冰雪女孩

灾难,在我未出生的时候就已经开始了。

我出生的时候就与众不同,苍白的脸色和淡淡蓝色的眉毛让一些亲朋纷纷劝慰我的父母,将我遗弃或者送人。但我的父母却坚定着我是他们的骨肉,是他们的宝贝,用丝毫不逊色的爱呵护着我,疼爱着我。

我5岁大的时候,深藏在我身体内的病魔终于狰狞着扑向我,扑向我的父母。在一场突然而至的将近40度的高烧中,我呼吸困难、手脚抽搐,经医生的极力抢救,虽然脱险了,但也被确诊患有一种医学上称之为"法乐氏四联症"的先天性心脏病,这是目前世界上病情最复杂、危险程度最高、随时都可能停止呼吸和心脏跳动的顽症。

我在父母的带领下开始了国内各大医院的求医问诊,开始了整日鼻孔插导管的生活。我的父母仿佛一下都苍老了许多,但他们丝毫没有向病魔低头的意思,他们执拗地相信着奇迹会在我身上发生。很快,家里能够变卖的都变卖了。小时候的我很天真,问母亲,为什么我的鼻子里总要插着管子,母亲告诉我,因为我得了很怪的感冒病,很快就会好的。

就这样,我到了上学的年龄,我的"感冒"依然没有好,父亲将我送进了学校。我喜欢那里,那里有很多的小伙伴,还有许多的故事和童话,最重要的是,那里没有医院的味道。

虽然因为身体虚弱，坐的时间稍久，我的胸里就会闷得十分难受，我只好蹲在座位上听课、看书、写作业……偶尔在课堂上发病，我就用一只手拼命地去掐另一只胳膊，好不让自己因为痛苦而发出喊叫，我要做一个强者。尽管我常常会昏厥在课堂上，但临近小学毕业的时候，我家里的墙壁上已经挂满了我获得的各种奖状。

16岁那年的暑假，我又一次住进了北京的一家医院，我终于从病历卡上知道了自己患的是一种几近绝症的病。

死亡的恐惧是不是能够摧垮一切呢？

那天晚上，父亲依然像以往一样，将我喜欢的饭菜买来，摆放在我床头的柜子上，将筷子递给我："快吃吧，都是你喜欢吃的……"我克制着自己平平静静，可绝望还是疯狂地撕扯起我来，我放声哭了起来。

哭声中我哽咽着问父亲："你们为什么一直在骗我？为什么……"

父亲在我的哭问中愣怔着，突然背转过身去，肩膀不停地抖动起来……

接下来的整整三个夜晚，我都是在失眠中度过的。

第四天清早，我将自己打扮整齐，趁没有人注意，悄悄溜出了医院。我知道，医院不远处有一家农药店，我要去那里买能够结束我生命的药物。我可以承受病魔的蹂躏，但我无法忍受父母被灾难折磨的痛苦。而我唯一能够帮助父母的，似乎只有杀掉病魔，而我能够杀掉病魔的唯一方法就是结束我的生命。

就在我和老板讨价还价的时候，父亲从门外奔了进来，一把抱住我。我什么都看不到了，只感觉到父亲浑身都在颤抖着，我知道，父亲一定是在哭泣……

那一晚，家里一片呜咽，而父亲却没有再掉泪。他只是在一片泪水的汪洋中，镇静地告诉我："我们可以承受再大的灾难，却无法接受你无视生命的轻薄。"

因为爱父母，我想选择死亡；而父母却告诉我，爱他们就应该把生命坚持下来。

三天后，在市区那条行人如织的街路旁，父亲破衣褴褛地跪在那里，脖子上挂着一块牌子，牌子上写着："……我的女儿得了一种绝症，她的心脏随时都可能停止跳动，善良的人们，希望你们能施舍出你们的爱心，帮助我的女儿走过死亡，毕竟她还只有16岁啊……"我是在听到邻居说父亲去跪乞后找过去的。

当时，父亲的身边围着一大群人，人们看着那牌子，窃窃议论着，有人说是骗子在骗钱，有人就吐痰到父亲身上……父亲一直垂着头，一声不吭。我分开人群，扑到父亲身上，抱住父亲，泪水又一次掉了下来……

父亲在我的哀求中不再去跪乞，他开始拼命地去做一些危险性比较高的工作，他说，那些工作的薪水高，他要积攒给我做心脏移植手术的费用。心脏移植，这似乎是延续我生命健康成长的唯一办法。但移植心脏就意味着在挽救一个人生命的同时，结束另一个人的生命啊！哪里会有心脏可供移植。可看着父亲坚定的眼神，我不敢说什么，也许，这是支撑他的希望，就让他希望下去吧！我能给父亲的安慰似乎只有默默地承受着他的疼爱。

直到有一天，我在整理房间的时候，从父亲的衣兜里发现了一份人身意外伤亡保险单和他写的一封信。那是一份给有关公证部门的信件，大意是说，他自愿将心脏移植给我！一切法律上的问题都和其他人没有任何关系……

原来，他是在有意接触高危工作，是在策划着用自己的死亡换取我健康的生命啊！

我一个字都说不出来，只有泪水滂沱而落。那天晚上，我和父亲聊天到很久，我回忆了自己这些年和病魔拔河的艰难，更多的是我从他和母亲身上领略到的温暖和关爱。我告诉父亲："生命不在长短，要看质量，我得到太多太多来自您和妈妈给的爱了，就是现在离开这个世界，我也会很幸福地离开……"

父亲无语。星月无语。

一天，我从学校回来，不见父亲，就问母亲。母亲告诉我："你爸爸去公证处公证，想要把他的心移植给你，表示他是自愿的，和任何人都没有关系。可这是要死人的事情，公证处的工作人员没有受理，他又去医院问医生去了……"

母亲说着，流着泪。我的心就揪扯着疼了起来。我知道，那是因为父亲太重的爱挤压的疼痛。而我能做的，却只能是听任父亲。

那天晚上，父亲一脸灰暗地回来了。我看得出，一定是医生也不同意他的想法。

父亲不再去咨询什么移植的事情，开始垂头工作了。只是，依然是那些危险性很高的工作。我渴望生命的延续，但我更渴望父亲的鲜活。

我的心里多少有了些安慰，以为一切都会在自然中继续下去。

七个月后的一天，我将近40岁的父亲在一处建筑工地抬预制板的时候，和他的另一个工友双双从五楼坠下。我赶到医院的时候，父亲已经没有了呼吸。听送他到医院的一些工友们讲，父亲坠下后，双手捂在胸口前……我知道，我知道，父亲在灾难和死亡突至的刹那，还惦挂着我，还在保护着他的心脏，因为，那是一颗他渴望移植给我的心脏！

而原因，只是因为我是他的女儿。

父亲的心脏最终没有能够移植给我，因为那颗心脏在坠楼时被摔碎了。

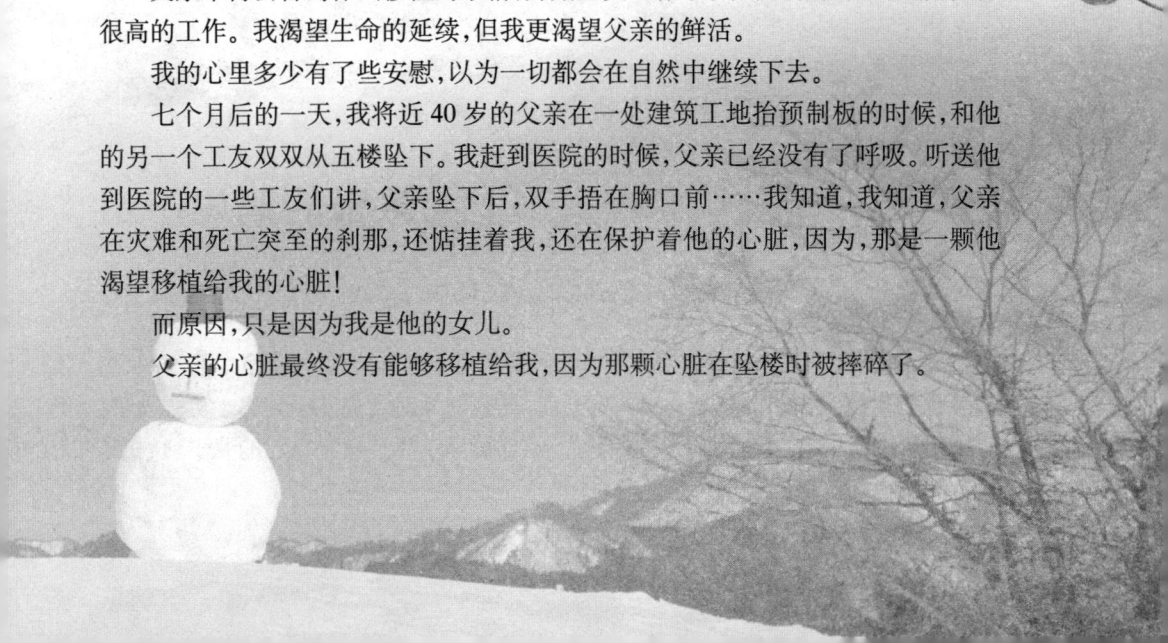

文章一开始就以灾难营造出一种悲凉的氛围，紧揪人心。接下来，作者说出了灾难的核心，"我"患上了"法乐氏四联症"的先天性心脏病，这是一种绝症，让人震惊。然后"我"在40度的高烧中，呼吸困难、手脚抽搐，甚至"常常会昏厥在课堂"等各种现象被逼真地描述出来，让读者也为她不幸的病痛遭遇感到深切同情。

"我"知道了自己患的是绝症，心态的绝望可想而知！但是父母赐予了"我"生命，而且没有因为绝症而放弃，父亲为了"我"去"跪乞"、"换心"、做危险性很高的工作，都让我们感受到了父爱的沉重。父亲想把他的心给"我"的愿望落空了，那颗在父亲胸膛中摔碎的心仿佛是父亲再也无法给予"我"的爱，让"我"的心也随之破碎了。我情愿要父亲活在身边，也不愿意他用自己的心来换"我"的健康。

整篇文章没有太多的写作技巧和华丽的词藻，作者只是以事传情，以情感人。星月无语，太多的无奈尽在无言中！

（莫文英）

妈妈早就知道了自己不是她走失的亲生儿子，但仍把家门的钥匙留给了自己——一个走出监狱就无家可归的浪子。在妈妈的身上，他懂得了一个母亲最博大、最深邃的爱。

上天派来的妈妈

◆文/林元亨

五年前，在一群被押解的犯人中间，她偶然看见了有一个白白净净的男孩，像极了她多年前走失了的儿子。丈夫病逝后，孤独的她对走失儿子的思念更强烈了。见到男孩的那一晚，她回家后哭得不行。她觉得那个男孩就是自己的儿子，长相年龄都相仿。

第二天,她一早就去了监狱问那个男孩的情况,狱警警觉地问她为什么来问这些,她说了自己儿子走失的事。狱警就告诉她,那是一个自小因母亲早逝,父亲再婚后不堪后母虐待逃离家庭的孩子。那孩子,从没有亲人探望过他,几次在监狱里试图自杀过。她问:我可以探望他吗?狱警请示领导后说,可以,这样对他的改造有帮助。她就去超市买了一些日常用品,一边买,一边想起了还有一些别的孩子,她就掏光了身上所有的钱,买了好大的几包。

那个孩子,却不喜欢她,冷冷地盯着她,连一声谢谢也没有说,东西倒是收下了。后来,她又去,同样是大包小包地两手不空。后来,那个男孩子,叫了她一声阿姨,说:你别来了,我们又无亲无故的。她就说:我也有一个你这么大的孩子,他像极了你,几年前失踪了。男孩就开始背过身去啜泣,然后突然回过身来,喊了她一声:妈妈!

于是,除了工作,她就眼巴巴地盼望着那个探监的日子,她就买些东西去监狱探望,她觉得就像自己找到了亲生的儿子。其他的犯人也都认识她了,都得到了她分发的给他们的礼物,慢慢地,他们都亲切地喊她阿姨。后来,监狱颁给了她一张特别的奖状——优秀狱外辅导员。因为,她"辅导"过的孩子,都纷纷减了刑,一个个离开了监狱,开始走向了新的生活。他们也都改口叫她妈妈,说她是上天派来拯救他们灵魂的妈妈。

冬去春来,一晃,她坚持了五年。

这年的春天,她病倒了,病得很重,不久就进入了昏迷状态。其实,她早就病了,只是硬撑着。许多经她辅导走向新生的孩子来看望她了,他们都围在她身边,一声声喊:妈妈!妈妈!她看着那一张张熟悉的面孔,那一张张重新鲜活过来,重新感受着温暖和幸福的面孔,她笑了,笑得满脸是泪。

男孩也被监狱特批出来,看望这位妈妈,他走到病房门口,推开门,就扑通一声跪下了。他喊:妈妈!

听见这个声音,昏迷的她猛地打了个激灵,眼睛循着声音望去,手也颤巍巍地向前伸出。他们的手拉在了一起,她嘴唇颤抖着,费力地咕哝出两个字"儿……子……",之后就突然身子一软,仆在病床上不动了……她的灵魂飞向天国了。

他仆跪在床前号啕大哭,一声声唤着:妈妈!妈妈!

众人拉开他时他才感到自己手里有一个硬硬的东西:一枚黄铜钥匙。

这是她家门的钥匙。

他还没来得及对她说,他已被减了刑,再过几个月就可以走出监狱的大门了,可这钥匙让他明白,妈妈已在等着他回家了。

妈妈早就知道了自己不是她走失的亲生儿子，但仍把家门的钥匙留给了自己——一个走出监狱就无家可归的浪子。在妈妈的身上，他懂得了一个母亲最博大、最深邃的爱。

感恩提示
gan en ti shi

爱是一盏灯，一盏指明航向的灯；爱是一种力量，一种推人前进、催人奋发的力量。世界因为有了爱而显得美丽，爱中的母爱更显得温柔，富有内涵。读着《上天派来的妈妈》这篇文章，这种真切的感受像一股湍急的溪流在我心中激荡。

本篇文章以一个被关押在监狱的孩子的生活为背景，诠释何为母爱，全文基调平和，但感情真挚，催人泪下。

本文开篇介绍了一个走失了的儿子的母亲巧合地遇到了一个和她儿子长得很像的孩子，引起了读者的好奇心。接着进一步介绍事情曲折的前因后果。高潮部分并非气势恢弘，而是用最平实的语句，最普通的经过，升华出一个非凡的结局，在歌颂了母爱的同时也征服了读者。

每个人都会经历人生的低谷与高潮，本文正是基于此，通过艺术加工，述说了一个孩子经过母爱熏陶而浪子回头的故事，证明了一个事实：母爱是人间最圣洁，最崇高，最无私的爱。

在文章结局，这个母亲悄然离去，给人一种极大的震撼，但儿子最终从妈妈的身上懂得了一个母亲最博大、最深邃的爱，这也算是对伟大的母爱的一份回报吧！

马丁默默地注视着眼前这两个可怜而又可爱的小孩子。片刻之后，他以一种坚决的语气果断地宣布道："这两个孩子我们都要了。"

爱心创造的奇迹

◆文/[美]伊丽莎白·恩斯 译/梅子 黄时雨

第二次世界大战期间，马丁·沃尔作为战俘被关进了位于西伯利亚的一座战俘营里,从此离开了他的家乡乌克兰,离开了他的妻子安娜和儿子雅各布。在以后的几年里,他与家人天各一方,音信隔绝,以致连妻子在他被带走后不久又给他生下了一个名叫索妮娅的女儿都不知道。

几年之后,当马丁被释放出来的时候,他已经身心俱疲、憔悴不堪了,看上去俨然就是一个老态龙钟的老人。不仅如此,在他的手上和脚上到处伤痕累累,那是严刑拷问时给他留下的惨痛印记。更让人不堪忍受的是,他知道自己再也没有生育能力了。不过,幸运的是,他好歹总算获得了自由。离开战俘营之后,他第一件事就是立即到处去寻找妻子安娜和儿子雅各布。最后,他终于从红十字会打听到了家人的消息,方知他们都已经在前往西伯利亚的途中死去了。顿时,他伤心欲绝,悲不自胜。但是,直到那时,他仍旧不知道自己还有一个未曾谋面的女儿。

战争初期,安娜带着雅各布很幸运地逃亡到了德国。在那里,她遇到了一对非常仁慈的农民夫妇,他们收留了她和孩子。于是,安娜就在那里安顿下来,并为他们做些力所能及的农活以及家务活。她生下了她和马丁的女儿索妮娅,住在了这个与她和马丁小时候生活过的乌克兰那和平宁静的乡下非常相像的地方。安娜想:"我们的生命还会再遭受到痛苦、苦难和分离的折磨吗?"她甚至相信,只要马丁也能来到德国,他们就一定可以重新开创新的生活。但是,事情却并不像她想象得那么好。几年之后,残酷的战争终于以德国的战败而结束了。安娜和孩子们高兴极了,他们以为马上就可以回家乡和马丁团聚了。但是,他们没想到的是,他们被赶进了拥挤不堪的运送牲口的火车上,说要将他们遣送回家。在那冷得像冰窖一样的火车上,食物和水都严重缺乏,他们经常没有东西吃也没有水喝。其实,安娜的心里非常清楚,他们根本就不是被遣送回家,而是被送往位于西伯利亚的那个充满恐怖的死亡集中营。她的希望彻底破灭了,她感到了绝望,终于,她病倒了。她的呼吸越来越困难,胸口也疼痛得越来越厉害。她感到自己时日无多了,于是,看着眼前这两个孤苦无依的孩子,她一遍又一遍地祈祷着:"哦,上帝啊,求求您,请保佑我这两个无辜的孩子吧!"

"雅各布,"她有气无力地对儿子说,"我病得很厉害,可能就要死了。我会到天堂去请求上帝保佑你们的。你要答应我,千万不能离开小索妮娅。上帝会保佑你们两个的。"

第二天一大早,安娜就死了。人们将她的尸体装在货车上拉走了,埋在一个乱坟冈上。而她的两个孩子则被赶下了火车,送进了附近的孤儿院。如今,在这世上,他们真的是孤苦伶仃、无依无靠了。

当马丁得知家人已经死亡的消息之后,他便停止了祈祷,因为他觉得他每一次面临转机的时候,上帝都会令他大失所望。在那之后,马丁被分配到一个公社里做工。

在那儿，他像一个机器人似的机械地工作着。虽然，他的健康与体力已逐渐恢复了，但是，他的心他的感情却已经像死了一般，不论什么事，对他来说都已经无关紧要了。

后来，有一天早上，他偶然遇见了和他在同一个公社工作的格蕾塔。如果不是她微笑着注视着马丁，马丁绝对不会认出眼前的这位姑娘竟然就是自己过去在家乡时的一位既充满了快乐、又聪明伶俐的同学。没想到在走过了这么多地方，经历了这么长时间，发生了这么多事之后，他们竟然能在此地重逢，这简直是太幸运了！

接着，没过多久，他们就结婚了。于是，马丁觉得生活又充满了阳光，生命又有了意义。但是，对于有些女人来说，她们总是希望能有个孩子可以疼可以爱，而格蕾塔就是这样一个女人。虽然她知道马丁已经没有生育能力了，但是，她仍旧渴望能有个孩子。

终于，有一天，她实在忍不住了。于是就对马丁祈求说："马丁，孤儿院里有许多门诺派教徒的孩子，我们何不去领养一个呢？"

"格蕾塔，你怎会想到要领养一个孩子呢？"马丁吃惊地答道，"难道你不知道那些孩子都发生过些什么事吗？"这时的马丁，他的心再也经受不起任何打击了——他已经将它完全封闭了。

但是，格蕾塔却始终没有放弃她的渴望，终于，她那强烈的爱战胜了马丁的冷漠与偏执。于是，在一天早上，马丁对她说道："格蕾塔，你去吧，去领养一个孩子吧。"

为了领养一个孩子，格蕾塔做好了一切准备。终于，去孤儿院领养孩子的日子到来了，那天一大早，她就搭上火车赶往孤儿院。来到孤儿院，走在那长长的、黑黑的走廊上，看着那些站成一排的孩子，审视着，权衡着。他们仰起那一张张沉默的小脸，乞求地望着她。她真想张开双臂把他们全都拥入怀中，并把他们全都带走。但是，她知道，她做不到。

就在这时，有一个小女孩羞怯地微笑着，向她走来。"哦，这是上帝帮我做出的选择！"格蕾塔想。她单膝下跪，抬起一只手抚摸着小女孩的头，爱怜地问道："你愿意跟我走吗？去一个有爸爸、妈妈的真正的家？"

"哦，当然，我非常愿意，"她答道，"但是，您得等我一会儿，我去喊我哥哥来。我们要一块儿去才行，我不能离开他的。"格蕾塔非常难过，无奈地摇摇头说："但是，我只能带一个孩子走啊。我希望你能跟我一块儿走。"

小女孩又一次使劲地摇了摇头，说："我一定要和哥哥在一起。以前，我们也有妈妈,她死的时候嘱咐哥哥要照顾我。她说上帝会照顾我们两个的。"

　　这时,格蕾塔发现她已经不想再去寻找别的孩子了,因为眼前的这个小女孩已深深地吸引了她,打动了她。她要回去和马丁好好商量商量。

　　回到家,她向马丁恳求道:"马丁,有件事我必须要和你商量。我必须要带两个小孩一起回来,因为我选的那个小姑娘有个哥哥,她不能离开他。我求求你答应我。"

　　"说实在的,格蕾塔,"马丁答道,"有那么多的孩子可供选择,你为什么非要选择这个小女孩呢?难道不能选别的孩子吗?或者干脆就一个也不要。我真不知道你是怎么想的。"

　　听马丁这么一说,格蕾塔难过极了,并且不愿意再去孤儿院了。看着格蕾塔伤心的样子,马丁的心里不禁又涌起了一股爱怜。于是,爱又一次获得了胜利。这次,他建议他们两人一块儿去孤儿院,他也想见见那个小女孩。也许他能够说服她离开她的哥哥而愿意一个人接受领养呢。这时,他又想起了自己的儿子雅各布。也许他也被送进了孤儿院。如果真的是这样的话,他不也一样希望雅各布能被像格蕾塔这样的好人领养吗?

　　当格蕾塔和马丁走进孤儿院的时候,那个小女孩来到走廊里迎接他们,这一次,她的手紧紧地拉着一个小男孩的手。小男孩的身体非常瘦小,而且很虚弱,但是他那双疲惫的眼睛中却流露着柔和善良的目光。这时候,小女孩扑闪着明亮的大眼睛,轻声地对格蕾塔说:"您是来接我们的吗?"

　　还没等格蕾塔接腔,那个小男孩就抢先开口了:"我答应过妈妈永远都不离开她的。妈妈临终的时候让我必须向她做保证。我答应了。所以,我很抱歉,她不能跟你们走。"

　　马丁默默地注视着眼前这两个可怜而又可爱的小孩子。片刻之后,他以一种坚决的语气果断地宣布道:"这两个孩子我们都要了。"他已经不可抗拒地被眼前这个瘦弱的小男孩吸引住了。

　　于是,格蕾塔就跟着兄妹俩去收拾他们的衣服,而马丁则到办公室去办理领养手续。当格蕾塔两手各拉着一个孩子来到办公室的时候,却发现马丁正不知所措地站在那里。只见他的脸苍白得像纸一样,双手也在剧烈地颤抖着,根本就无法签署领养文件。

　　格蕾塔吓坏了,她以为马丁突然得了什么急症,于是,连忙跑过去,惊叫道:"马丁!你怎么啦?"当然,马丁根本就不是得了什么急症。

　　"格蕾塔,你看看这些名字!"马丁一边说一边递给她一份文件。格蕾塔接过那份写有两个孩子名字的文件,读了起来:"雅各布·沃尔和索妮娅·沃尔,母亲系安娜·(巴特尔)·沃尔；父亲系马丁·沃尔。"不仅如此，除了索妮娅之外，他们三人的出生日期都与马丁记忆中的完全相符。

"哦，格蕾塔，他们两个都是我的孩子啊！一个是我以为早就已经死了的我深爱的儿子雅各布，一个是我从来都不曾知道的女儿！如果不是你那么恳切地求我领养他们，如果没有你那颗洋溢着仁爱的心，我可能就会错过这次奇迹了！"马丁激动得泪流满面，一边说着，一边蹲下身来，把两个孩子紧紧地搂在怀里，呜咽着说："哦，格蕾塔，上帝真的就在我们身边！"

感恩提示
gan en ti shi

这是一篇描述二战时期发生在国外的神奇而感人的故事。文章笔风朴实，故事情节却跌宕起伏，引人入胜。

文章一开始就讲述了战争给马丁一家带来的不幸，马丁被俘，妻儿离散。一开始，马丁还对家人团聚抱有信心，但随着故事的发展，安娜却病亡了。马丁得知后，最后的一点儿希望破灭了，信心也彻底失去了。紧接着马丁的再婚，领养小孩事件的出现把故事推向了高潮，两兄妹相互依赖，彼此爱护的感情最终使得马丁一家的团聚。

故事里的重逢充满着巧合性。血脉相连的亲人最终得到了重逢，似乎冥冥之中真有命运之神在操纵着悲欢离合一样，颇具传奇性，但是这个故事却是真实地发生过了。我感动于这份亲情的曲折和真实。只要我们心中还充满爱，上帝一定能够看得到。

（周　曦）

忽然有一天，迎春花绽放的季节，幽雅清静的小院的院门被笃笃地敲响了，母女三人争相去打开大门，站在眼前的，赫然就是返回陆地的父亲！

漂泊的灵魂

◆文/海 若

幼年的时候，你几乎不认得父亲。

每年一次这位高大英俊的"叔叔"带到家里来的，除了异域的糖果和玩具，还有满溢家中的欢声笑语，连小四合院里扶疏的花草，掩映的藤萝，也立时充满了勃勃的生机。

只有你不乐。

晚上临睡前，母亲会把你带到这位并不离去的"叔叔"面前对你说，他是你爸爸，叫啊。

你站在父亲的面前，双眼看着别处，不肯叫他。

直到父亲去世后，母亲还要常常说起你幼年的时候，三四岁，很是执拗，多半是不吃糖果也不叫爸爸，只是有点儿冷漠地看着，很不高兴有人闯入这个小院这个家。

也难怪，每年只能回来一个月，还没等到女儿和父亲相熟呢，他就又要起锚远航了。

到你六七岁的时候，你才认可了这位高大英俊的叔叔，明白了他就是"爸爸"。

八九岁，你开始盼着父亲回家了。

在看见同学们牵着父亲的手来到学校开家长会的时候，在孤独中感到小院静谧又甚觉寂寥的时候，或者就在吃饭的时候，母亲说，你常常会突然之间停住筷子，痴痴地盯着她问：爸爸什么时候回来呀？母亲就会牵着你的手来到小院里，指着院墙四周茂盛生长着的迎春说，待到迎春花开的季节，爸爸他就会回来了。

从此以后，大人们总是看见你放学回了家，就提了小桶一遍一遍给迎春浇水，还常常听见你唱着自编的儿歌："迎春迎春快开花，开花爸爸就回家。"

进入少女时期，你已经亭亭玉立。读中学后，就常有一些男同学女同学有事没事邀你一起上学,一起回家,一起春游去看梨花。人人都是喜欢和美丽的女孩接近的。但是,母亲对你们姐妹俩管教很严,加上你恬静的天性,喜欢独处的性格,总是习惯于独来独往,自自在在飘渺如孤鸿。其实,你已经开始在内心深处依恋着父亲,崇敬着父亲,遐想着父亲。高大俊伟、英姿勃发的父亲,那位远洋轮上威风凛凛的船长、那巨大的轮船、那高矗的桅杆、那雪白的制服、那极目远眺的风神,虽然你都是从父亲所带回来的照片上看见的,却都已经成为你少女心底里的偶像——朦朦胧胧的,却是一往情深。

有一次,你听见母亲在轻轻地叹息,而且泪水涟涟。你看见她手握一卷《王宝钏苦守寒窑十八载》的折子戏本。你也泪水汩汩。

你已经开始懂得了像母亲那样受过传统教育的大家闺秀,性格中最大的特点就是含蓄,把那份深深浓浓的眷恋和情爱,深埋心底,即使是和自己的丈夫独处一室,也不肯轻易表露。

又是迎春花绽放的季节,父亲回来了。在几乎都是穿着中山装的人流里,母女三人迎来了穿着西装打着领带的父亲。16岁的你读高中一年级,真正是一个大女孩子。走在一米八的父亲身边,你已高过他的肩膀,修长而秀美。你把右手插在父亲的左臂弯里。姐姐在父亲的右边,她牵着母亲的手。20岁的姐姐已经是大二的学生了,懂得了矜持。

而你不,你很亲密地依傍着父亲,和他并肩前行。稚气未脱尽的大女孩,很想让世人知道你身旁的这位雄姿英发的男人,就是你的父亲。

孩子们都已长大,父亲的大皮箱里较少有糖果和玩具了。

他从箱子里给女儿们拿出来的是各国的图书和四季的衣服。

各式各样五彩缤纷的镶花边连衫裙,那一条条宽宽长长与衫裙颜色相谐的异色腰带,可以在前后左右打成各式各样的结,长长的,飘逸又潇洒;短短的,利落而精干,把女孩儿那种独特的妩媚挺拔亭亭玉立,展现得仪态万方,美好无遗;父亲还给你们带来各种款式的毛衣,粗线的、细线的、中线的,织花的、绣花的、挑花的、全素的、带条的,色彩纷呈,一律宽宽大大。父亲说,这是当外衣穿的,不单单是为了御寒。姐妹俩躲在自己的房间里,对着大穿衣镜一件一件地试穿,心里的幸福喜悦满足快乐洋溢在她们的眼底眉尖。后来,姐妹俩各自选择了自己所中意的一套穿在身上,并肩站立在衣镜前:米白色的粗线平针毛衣,淡蓝色的紧身灯心绒长裤,左胸前的那朵挑花玫瑰,也是淡蓝色的,飘逸脱俗,唯见清纯——这是妹妹;米白色的粗线平针毛衣,深紫色紧身灯心绒长裤,左胸前的那朵挑花玫瑰,也是深紫色的,高雅华贵,略显成熟——这是姐姐。当这样一双出色的女孩站在父亲母亲面前时,二老顿觉心旷神怡,满室生辉:一水的眉清目朗,清韵悠然,一样地把乌黑油亮浓密的三尺长发梳成一条独辫,一根淡蓝色的缎带由妹妹的辫根呈螺旋形地缠至辫梢,从右肩拖至胸前,姐姐的发带则是深紫色的,恰与她们胸前的挑花玫瑰互相辉映,一样地精致灵动,一样地雍容典雅,一样地青春俏丽。

难得相见的父亲,感觉中仿佛是一眨眼间,女儿们就神话般地长大成人了,而且,她们又是多么民族化的一双东方女孩!见多了金发碧眼、黑白分明的域外女孩,他觉得他的女儿们举世无双。他非常动情而又非常欣赏地盯住女儿们,赞叹道,真正是冰雪般的两个女儿啊。蓦然,他那洞悉每一方海域的双眼竟是这般地雾水蒙蒙,仿佛在这一刻里,已经浓缩了他一生里对女儿们的宠爱怜惜,和对妻子的浓情蜜意。

他也常常惭愧没能护侍过他的爱妻娇女,而此刻尤甚。

他温情地转过身,呼唤着女儿们的母亲——他的妻子,感谢她把女儿抚育得这样好。他握住了妻子的手,甚至还轻轻地拥抱着她——这种洋派的举动,竟让刚及不惑之年的母亲快快挣出了父亲的怀抱,非常羞涩地嗫嚅着:她们也是我的女儿呀。

一抹红晕润泽了母亲的双颊——可敬可爱温婉而有神韵的母亲啊,她那么美丽。

在你所有的记忆中,这是最为美好的一个月,刻骨铭心的一个月,永世不忘的一个月,滋润了你们母女三人终生啊。

父亲归家两周,你和姐姐相继开学。姐姐住校,星期六方可回家,而你走读。因此,你和父亲相处的时间就多了许多。以至于好多年以后,姐姐还在说,那时可是非常嫉妒你啊。

记得开学后第一天吃早餐的时候,你慢吞吞地拖延着时间,一小口一小口地细嚼慢咽。母亲催促,要不就迟到了。你答应着,却仍然不快。正在喝早茶的父亲心有灵犀地看着你,忽然就笑了起来。雪儿,他唤你,今天爸爸送你去上学,好不好?嗨,你欢快地跳了起来,抢过母亲手中的书包拉着父亲就跑。母亲连忙阻止你,笑说,这孩子,从上幼儿园的时候就自己走,如今都读高中了,反而要让大人去送,也不怕人笑话?你一面拉着父亲快走,一面喜悦地说,我得让爸爸补给我呢,从幼儿园的时候补起。

这是你平生第一次牵着父亲的手走在上学的路上。一向独来独往的你,今朝却主动地向路遇的同学们打了招呼,并把身边的父亲介绍给他们——我的爸爸!在同学们特别是女同学们惊羡的目光里,你们父女走过了大操场,父亲要把你送进教室,内心里你还希望老师们也能认识父亲呢。父亲看着容光焕发的小女儿,竟有阵阵心痛掠过,他和你道了再见,并答应晚上放学的时候再来接你。看着喜上眉梢笑容灿烂的女儿,父亲爱怜地拍拍你的肩,送你进了教室。看着女儿落座在自己的座位上,在全班同学的注视下。父亲才缓缓地转身离开了教室。猛然间,竟有一种深深的不舍,缭乱了父亲的心。

人生,原本就是不如意事十八九啊!转眼之间就到了父亲又应该起锚远航的前夜了。

那一晚,一家人竟是前所未有地恋恋不舍,谁都不肯睡去。

母亲在准备早餐,那是一种绵绵长长而又往复不断的面条,希望牵住亲人的心灵,通过这种非常传统化、民族化的食品表露无遗。冰雪般的两姐妹一人牵着父亲的一只手,嘈嘈切切地说着私房话。母亲忙完了,也来和他们父女三人坐在一起。

不知是真心的,还是为了安抚自己的妻子、女儿,父亲答应她们,满45岁的时候,他就申请到陆地上来工作。

但是,父亲没有等到年满45岁。他是在43岁的时候,和一位大副同时遇难大西洋。

那一年,你17岁,刚读高中二年级。

你后来常常忏悔自己的稚气。

你怎么就没有想到母亲也需要多和父亲亲近在一起呢?你怎么就不多留些时间给母亲呢!一个月的时间竟让你霸去了大半。16岁无意之间造成的过失,够让你悔恨终生的了。

从此,你们母女三人没有再见到父亲,连父亲的遗骨都没有见到。

也许是苍天见怜,正是因为连遗骨都没有见到,竟给你们母女三人留下了终其一生都没有消失的美好幻觉——忽然有一天,迎春花绽放的季节,幽雅清静的小院的院门被笃笃地敲响了,母女三人争相去打开大门,站在眼前的,赫然就是返回陆地的父亲!

中国有传说,人离世后,魂魄必须要把生前的脚印一个一个地都捡起来,无论是船上、车里、海上、湖中、山上山下、街头巷尾、家里家外,全部捡起来,然后才能超生。啊,父亲,父亲,你的足迹几乎遍布世界的四大洋,要你独自去一个一个地捡起生前的脚印,该是多么的辛苦,劳碌奔波而又多么的遥遥不可期?你生前已经在海上漂泊了二十多年,离去后怎能让你再度去漂泊? 我们母女三人绝不允许!你的妻子女儿请你的魂魄速速返回上海港,你就是在那里起航的,你一定会认得那条回乡的路。我们将一起赶到那里去,你将来不会再感到孤独寂寞和大海的冰冷!

感恩提示
gan en ti shi

　　轻柔的海风就像父亲的爱抚,吹走了创痛,吹来了温暖。院子里滋养着迎春花的那份暖暖的父女情深。"迎春迎春快开花,开花爸爸就回家"道出了女儿的纯真,也道出了一份浓浓的期盼。此时,花香逸满了整个花园,甚至这个充满爱的人间!

　　文章以第二人称、书信般的口吻讲述了一个海员家庭的深情故事。海洋的辽阔冰冷,并没有冷却父亲的心,反而,翻越千重大地,万丈高山,家的温暖始终牵引着父亲的心。文章的最后用浪漫的手法描写了凄美的结局。突然想起了朱自清的"背影",父亲的出现并不频繁,然而,他的形象已经深入人心。作者站在客观的角度,以母亲的口吻告诉女儿的,除了父亲的心里话以外,还有母亲自己的心声。文章独特的手法使读者印象深刻,回味无穷。

(周　曦)

　　婴儿的确抓住了整个世界,这世界便是他的母亲;婴儿的确可以对着母亲微笑,在他眼中,他的世界始终温暖、完好。

101

世　界

◆文/铁　凝

　　即使在梦里,年轻的母亲也知道要过年了。

　　即使在梦里,年轻的母亲也知道她应该在旅行袋里装什么了——都是些过年的东西,她将要与她的婴儿同行,去乡下的娘家团聚。

　　就这样,母亲怀抱着婴儿乘了一辆长途汽车,在她座位上方的行李架上,摆着她们母子鼓绷绷的行囊。车子驶出城市,载着满当当的旅客向广阔的平原飞驰。母亲从不记得长途汽车能开得如此快捷,使她好像正抱着她的婴儿擦着大地飞翔,她忽略了这超常的车速,也忽略了车窗外铅一样沉重的天空,只是不断抬头望望行李架,用眼光照应着它。那鼓绷绷的行囊里盛满了她的心意:有她为母亲亲手织成的毛衣;有她为父亲买的电手炉;有她给妹妹精心挑选的红呢外套;有她猜测着弟弟的心思选购的"巡洋舰"皮靴。还有她洗换的衣物,还有她的婴儿的"尿不湿"。

就这样,长途汽车载着母亲和婴儿一路飞驰,不想停歇似的飞驰。

许久许久,城市已被远远地抛在了后边,而乡村却还远远地不曾出现,铅样的天空锅似的闷住了大地和大地上这辆长途汽车,这么久的灰暗和憋闷终于使母亲心中轰地炸开一股惊惧。她想呼喊,就像大难临头一样地呼喊。她环顾四周,满车的旅客也正疑虑重重地相互观望,她喊叫了一声,却听不见自己的声音。她用力掐掐自己的手背,手背很疼。那么,她的声音到哪儿去了呢?她低头查看臂弯里的婴儿,婴儿对她微笑着。

婴儿的微笑使母亲稍稍定了神,但随即母亲便觉出一阵山崩地裂般的摇撼,她的眼前一片漆黑,她的头颅猛然撞在车窗玻璃上,玻璃无声地粉碎了,母亲和婴儿被抛出了车外。

母亲在无边的黑暗里叫喊。她听不见自己的声音,也无法移动自己的双脚。她知道她在呼喊"我的宝贝",尽管婴儿就在她怀中,就被她紧紧地拥抱,她想要知道这世界发生了什么,她想要知道世界把她们母子驱赶到了什么地方。当一道闪电凌空划过,母亲才看见脚下的大地正默默地开裂。这是一种令人绝望的开裂,转瞬之间大地已经吞没了不远处母亲的长途汽车和那满车的旅客。这便是世界的末日吧。母亲低下头,麻木地对她的婴儿说。借着闪电,她看见婴儿对她微笑着。

只有婴儿能够在这样的时刻微笑吧,只有这样的婴儿的微笑能够使母亲生出超常的勇气。她开始奋力移动她的双脚,她也不再喊叫。婴儿的微笑恢复了她的理智,她知道她必须以沉默来一分一寸地节约她所剩余的全部力气。她终于奇迹般地从大地裂缝中攀登上来,她重新爬上了大地。天空渐渐亮了,母亲的双脚已是鲜血淋淋。她并不觉得疼痛,因为怀中的婴儿对她微笑着。

年轻的母亲怀抱着她的婴儿在破碎的大地上奔跑,旷野没有人烟,大地仍在微微地震颤。天空忽阴忽晴,忽明忽暗,母亲不知道自己已经奔跑了多少时间。这世界仿佛已不再拥有时间,母亲腕上的手表只剩下一张空白的表盘。空白的表盘使母亲绝望地哭了起来,空白的表盘使母亲觉出她再也没有力量拯救婴儿和她自己,她也无法再依赖这个世界,这个世界就要在缓慢而恒久的震颤中消失。母亲抬眼四望,苍穹之下她已一无所有。她把头埋在婴儿身上,开始无声地号啕。

婴儿依旧在母亲的怀中对着母亲微笑。

婴儿那持久的微笑令号啕的母亲诧异,这时她还感觉到他的一只小手正紧紧地很信任地拽住她的衣襟,就好比正牢牢地抓住整个世界。

婴儿的确抓住了整个世界,这世界便是他的母亲;婴儿的确可以对着母亲微笑,在他眼中,他的世界始终温暖、完好。

婴儿的小手和婴儿的微笑再一次征服了号啕的母亲,再一次收拾起她那已然崩溃的精神。她初次明白她并非一无所有,她有无比坚强的双臂,她还有热的眼泪和甜的乳汁。她必须让这个世界完整地存活下去,她必须把这世界的美好和蓬勃献给她的婴儿。

母亲怀抱着婴儿在疯狂的天地之间跋涉,任寒风刺骨,任风沙弥漫,她坦然地解开衣襟,让婴儿把她吸吮。

母亲怀抱着婴儿在无常的天地之间跋涉,任自己形容憔悴,任大雪覆盖了她的满头黑发。她衣衫褴褛,情绪昂扬地向着那个村子进发,那里有她的娘家,他们母子本是赶去过年的。

母亲曾经很久没有水喝,她便大口地吞咽着白雪;母亲曾经很久没有食物,她便以手作锹,挖掘野地里被农人遗漏的胡萝卜白萝卜。雪和萝卜化作的乳汁照旧清甜,婴儿在她的怀里微笑着。

天黑了又亮,天亮了又黑。当母亲终于看见了娘家的村子,村子已是一片瓦砾。在杳无人迹、寂静无比的瓦砾之中,单单地显露出一只苍老的伸向天空的手。老手僵硬已久,母亲却即刻认出了那就是她的母亲的手。母亲的母亲没有抓住世界,而怀中的婴儿始终死死抓住母亲那棉絮翻飞的衣襟,并且对着他的母亲微笑。

瘫坐在废墟上的母亲再一次站了起来,希望的信念再一次从绝望中升起。她要率领着她的婴儿逃离这废墟,即使千里万里,她也要返回她的城市,那里有她的家和她的丈夫。母亲在这时想起了丈夫。

母亲怀抱着婴儿重新上了路。冰雪顷刻间融入土地,没有水,也不再有食物。母亲的乳房渐渐地瘪下去,她开始撕扯身上破碎的棉袄,她开始咀嚼袄中的棉絮,乳汁点点滴滴又涌了出来,婴儿在母亲的怀中对她微笑。

年轻的母亲从睡梦中醒来,娇惯她爱她的丈夫为她端来一杯热腾腾的牛奶,母亲推开牛奶跃下床去问候她的婴儿,婴儿躺在淡蓝色的摇篮里对着母亲微笑。地板上,就放着她们那只鼓绷绷的行囊。

母亲转过头来对丈夫说,知道世界在哪儿吗?

丈夫茫然地看着她。

世界就在这儿。母亲指着摇篮里微笑的婴儿。

母亲又问丈夫,知道谁是世界吗?

丈夫更加茫然。

母亲走到洒满阳光的窗前,看着窗外晶莹的新雪说,世界就是我。

年轻的母亲再没言语,内心充满深深的感激。因为她忽然发现,梦境本来就是现实之一种啊。没有这场噩梦,她和她的婴儿又怎能拥有那一夜悲壮坚忍的征程?

103

没有这场噩梦,她和她的婴儿又怎能有力量把世界紧紧拥在彼此的怀中?

感恩提示
gan en ti shi

文章要向我们阐述的"世界"到底是什么。

全文扣紧题目,作者逐步向读者展示出来。

要过年了,年轻的母亲带着孩子回娘家。她带着一大堆精心选购的物品给家人,渴望着和家人团聚。

谁知道厄运却突然降临了!她乘坐的这辆长途汽车翻车了,出事了!面对这种意外,她不知所措。但是臂弯里的婴儿的微笑却给了她希望和勇气。

作为文中一个重要标志的是"婴儿的微笑",自始至终贯穿着全文,这是母亲的灾难中的唯一信念。在母亲每次近乎崩溃的时候,婴儿的微笑,将母亲信念从崩溃的边缘重新拉回现实。反复的镜头,强化了婴儿微笑的重要性。随着情节的继续,文章所要点明的中心也就渐渐的浮现——婴儿才是母亲最重要的世界。

是的,母爱的力量是神奇的,在灾难中它让奇迹发生了。

(莫文英)

继父一直没有再结婚。时光在继父呕心沥血的操劳中慢慢过去。我中专毕业后在县城找了一份工作,弟弟也以优异的成绩考上了外地的一所大学。继父却过早地衰老了,他还在日夜操劳,因为他还要为弟弟攒足上大学的费用。

没妈的孩子有爹疼

◆文/张军花

每次回家,看到继父头上的白发和脸上的皱纹,我的心里就涌起无尽的感激,眼泪忍不住地往下流。继父老了,他为我们姐弟俩付出了十几年的心血。十几年啊,对于与我们没有丝毫血缘关系的继父,对于一个在土里刨食的农民,他的艰辛可想而知。

在我的记忆中。父亲得了绝症,撒手西去,撇下了悲痛欲绝的母亲、仅有7岁的我和5岁的弟弟。母亲终日以泪洗面,还要下地干活,照顾我们姐弟,日子过得特别艰难。

慢慢地,有好心人上门为母亲提亲。后来,母亲就带着我们姐弟俩搬出了就要倒塌的旧房,住进了继父家。

继父是我们同村的,长得黑黑瘦瘦的,比母亲的年龄大一些、因为不是很陌生、所以我们姐弟俩并没有太多的不适应,很快就接受了这个父亲。继父是个孤儿,在村里老实憨厚得出了名,甚至有些木讷,一直也没有结婚。这么多年来,他一个人过得很孤独,对于我们母子三人的到来,继父非常欢喜,没有丝毫的嫌弃。继父对母亲很体贴,对我们姐弟也很疼爱。继父从不打骂我们,即使弟弟淘气了,他也只是憨憨地笑着,告诉他应该怎样做,不应该怎样做。

那时候,我觉得自己很幸福,生活虽不算富裕,可一家四口和和睦睦,日子过得很舒坦。

但好景不长,过了几年,一个特别沉重的打击又落在了我们姐弟的头上——母亲突患急症,还没等送到医院就去世了。从学校匆匆赶回家的我们,望着已经去世的母亲,放声痛哭。同时,一种天塌地陷的绝望揪住了我的心,我不知道我和年幼的弟弟该如何去面对以后的生活。继父虽然和善,可我们毕竟不是他亲生的孩子,他还会要我们吗?

料理完母亲的后事,继父更加沉默了,对我们也更加呵护。我和弟弟每天小心翼翼地看着继父的脸色,生怕有一点点过失就会被继父遗弃。时间一长,继父发觉了我们的胆怯,也看出了我们心中的顾虑。一天晚上,他把我和弟弟叫到身边,对我们说:"孩子,你们不要怕,你爸妈走了,我就是你们的爸爸,我们一直是一家人,我不会不管你们的。你们现在的任务就是好好学习,别的什么也不用想。"我拉着弟弟,泪流满面地跪在了继父的面前。

从那之后,继父这个从来没有拉扯过孩子的大男人,就开始一个人带着我们姐弟俩生活,这其中的艰难也只有他一个人知道。

每天早晨,继父总是早早地起床,为我和弟弟做好早饭,然后叫醒我们。他只是随便吃几口,就赶紧为我们准备午饭,将做好的饭盖在锅里,等中午放学,我和弟弟热一热就可以吃了。继父在我们去学校之前就出门了,他忙完地里的农活后,还要去附近的集市上卖菜挣钱。中午饭继父不在家里吃,为了省钱,他也舍不得在集市上买吃的,只吃早晨从家里带去的馒头和咸菜,再向人家讨些水喝。下午收摊回来,继父像一个女人一样收拾屋子,给我和弟弟洗衣服,甚至用他那一双笨拙的大手为我们缝衣扣、补袜子。下午放学回家,继父已经做好了晚饭,早早地吃完饭,我和弟弟就写作业。继父还要去邻村的铁器加工厂干活,要10点多才能回来。

看着继父日渐憔悴的脸,我觉得自己已经长大了,该帮继父分担一些,为这个家做些贡献。

很快我就要初中毕业了,我打算放弃中考。当我把这个想法告诉继父时,并没有看见他有丝毫轻松的表情。他沉默了一会儿,瓮声瓮气地说:"不行,我不同意!""爸爸,我不上学就可以去卖菜,去打工,挣钱供弟弟上学,也让你清闲清闲。你太累了,我不想……""不想拖累我?"继父打断了我的话,"我要是嫌你们拖累,早就嫌了。我也是孤儿,我知道没爹没妈的苦啊!你们好好上学,将来有了出息,就是对我最好的报答。以后谁也不许说这样的话!"继父看着我和弟弟,一脸的严肃。

我只好放弃了辍学的念头,更加努力地学习,用好成绩回报继父的厚爱。

那一年的中考,我考上了市里的一所中专,弟弟也升入了初中,继父慈厚地笑着,就像遇到了天大的喜事,逢人就夸自己的孩子聪明、有出息。

随着我和弟弟慢慢长大,我觉得继父应该再找个伴。寒假回家,我就对继父说了我的想法,并一再强调,我和弟弟一定会欢迎新妈进门。继父不好意思地说:"这几年,也有媒人前前后后介绍过几个,都没成。""为什么?""女方一见咱家里的情况,再加上你们俩都上学花钱。她们都二话没说扭头就走了。这样也好,省得新妈进了门,委屈了你们,让我心疼。"他还说:"上天把你们俩送给我,我就很知足了,咱们一家人不是挺好的吗?"然后,继父摸着弟弟的头憨憨地笑,我却早已泪流满面。

继父一直没有再结婚。时光在继父呕心沥血的操劳中慢慢过去。我中专毕业后在县城找了一份工作,弟弟也以优异的成绩考上了外地的一所大学。继父却过早地衰老了,他还在日夜操劳,因为他还要为弟弟攒足上大学的费用。

村里的老人们都说,继父一定是上一辈子欠了我们姐弟许多的债,所以今生要当牛做马来偿还。继父听了,憨厚地说:"孩子们命苦,没父没母,我不管他们谁管?这不,孩子们长大了,以后我就该享福喽。"

我知道,我们姐弟俩欠继父的太多太多了。如果没有继父十几年来无私的付出,就没有我们姐弟俩的今天;如果没有继父始终如一的疼爱与呵护,不知道我和弟弟在父母双亡之后,会过一种什么样的生活。我们很不幸,但是遇到了憨厚的继父是我们最大的幸运。我感谢我的继父,我一定要尽自己的所能,在继父的有生之年,孝敬他,报答他。让他也过上一段轻轻松松的舒适日子。

感恩提示
gan en ti shi

在很多人的眼里,这位继父对待毫无血缘关系的一对子女的行为一定无法理解,甚至有人还可能会说,他简直傻得可怜。但这位继父一句最简单而平常的话语,却会让所有的人哑口无言:"孩子们命苦,没父没母,我不管他们谁管?这不,孩子们长大了,以后我就该享福喽。"在这最纯朴的思维支撑下,这位父亲含辛茹苦、日夜操劳,让两个孩子都学有所成。我想,这位继父对待子女的爱,已经不是普通的父爱了,而是一份深沉的大爱。这份爱出自怜惜,出自责任,也出自这位继父纯洁如清泉般的心灵。这份爱像水一样,浇灌着两株弱小的植物。这份爱也像一双呵护的手,时时伸出来,扶正它们的方向和长势。这份爱也将是一笔巨大的财富,它让子女们变得充实而富有。这份爱还是一颗种子,它在子女们的心中生根发芽,也将开花结果,相信那时候,这一双在爱中长大的子女也会变成像继父一样充满了爱心的人。

(安 勇)

情·深·似·海·的·65·个·父·爱·母·爱·故·事·

107

　　站在那里，像一小截地基倾斜的土墙，父亲对我的态度
越来越像个孩子。有一刻我突然想给父亲做一回父亲，给他
买最好的玩具天天做好饭好菜叫他吃供他上学一直念到国
外。如果有人欺负他我才不管三七二十一非撸起袖子揍那
人一顿不可……

第四辑

最深情的哺育

有一个词语最亲切
有一声呼唤最动听
有一个人最要感谢
有一个人最应感恩
它就是——"父亲"
父亲的皱纹深了,他把飞扬的青春给了我
父亲的手粗了,他把温暖的阳光给了我
父亲的腰弯了,他把挺直的脊梁给了我
父亲的眼花了,他把明亮的双眸给了我

在部队的时候，我常想起父亲，想起他的那双手，那只没有指纹的右手，那只"摸"大我的手，那只扇了我一巴掌的手。

我是父亲"摸"大的

◆文/佚 名

　　我的家在一个小山村，父母都是地地道道的农民。而我却没有别的孩子那么"幸运"，因为我是在受人歧视的目光中长大的，因为我的父亲是个盲人，母亲是个哑巴。

　　我是六个孩子中最小的一个。在我的脑海里，关于母亲的记忆几乎是空白的。因为在我不到1岁的时候，母亲就病逝了。我是没有眼睛的父亲既当爹又当妈一手拉扯大的。

　　从我记事时开始，父亲嘴里就没有一颗牙。每次吃饭父亲总是让我们先吃，而他吃剩下的锅巴，每次都吃得"嘎嘣嘎嘣"响。起先，我以为父亲生性刚强，越是没牙越是要吃硬东西，或者父亲喜欢吃锅巴。后来有一次我发现，父亲吃得满嘴是血，还皱着眉头，把满口的锅巴坚持着咽了下去。

　　原来，他是把粮食省给我们吃啊！

　　父亲为了让我们好好学习，从来不让我们帮他下厨。他常说，自己一辈子没有眼睛，也没有文化，可我们有眼睛，总不能看着我们当睁眼瞎啊！

　　有一天放学回来，我帮父亲淘米做饭，他不肯，让我去温习功课。我听他的话，就坐在他身边大声地背课文。背着背着，就听到一声"哐哐啦啦"的声音，接着就是一股浓烈的焦煳味。原来，炉火生着了，父亲眼睛看不见，将手伸进了冒着火的炉膛。我丢下书本心疼地跑过去对他说："爸，以后我帮你生炉子……"

　　他只摆手："没事，看你的书去……"

　　看着父亲被炭火烧红的右手，我的心直疼。后来，父亲手上的伤痕渐渐好了，只是我发现他的右手却没有了指纹。父亲自己看不见也不知道，可那没有指纹的手却永远地印在了我的心上。

　　冬夜，父亲用他的大手抱着我的脚给我取暖；夏夜，父亲摇着蒲扇给我驱蚊，在外面受了欺负，父亲又用他粗糙的双手抹去我屈辱的眼泪。我6岁那年，不小心被啤酒瓶扎伤了脚，伤口感染，脚上鼓起了一个大脓包，父亲怕我的脚留下残疾，那些日子，他每天晚上给我热敷给我按摩，直到痊愈。

哥哥姐姐们渐渐地离开了家，上学了，工作了，结婚了。我是最小的儿子，一直留在父亲身边照顾他。我就是父亲的眼睛。我18岁那年冬天，父亲得了一场大病卧床不起，我一直陪护在他身边，给他熬药给他喂饭，等着他好起来。

可就在那个当口儿，部队征兵来了。高中毕业时，我没有考上大学，当兵无疑是最好的出路了。可现在父亲躺在床上，最需要人照顾，我怎能忍心在他最需要我的时候离开他啊！我心里很矛盾，但不敢告诉父亲，就让错过这个当兵的机会成为自己终生的遗憾吧。

那天，父亲把我叫到身边，摸着我的头，语重心长地对我说："友国，还记得我们家屋梁上的那个燕子窝吗？每年春天，燕子来了，在那上面垒窝，然后生出一窝小燕子，小燕子长大了，就把它们放出去觅食。人也是一样，孩子们长大了，不能老待在家里，要出去经风雨见世面。我知道你想去当兵，去吧，像你哥哥一样，当兵就当一个好兵。"

就这样，我当上兵，走了。临走那天，我没有勇气和父亲说再见，一个人趴在那扇窗子外长久地看着病中风烛残年的老爹，眼泪"吧嗒吧嗒"直掉，我没敢哭出声来，在窗外给父亲磕了三个响头转身就走。

在部队的时候，我常想起父亲，想起他的那双手，那只没有指纹的右手，那只"摸"大我的手，那只扇了我一巴掌的手。

记得我上四年级那年，家里穷，交不起学费，爸爸四处奔波借钱。"狗眼看人低"，那些有钱人哪里肯借，父亲着急上火得了一场病。一位同学给我出了个馊主意，让我买一个肉包子和一包老鼠药，药死一条狗卖了交学费。我觉得没有更好的办法了，只有瞒着父亲做。那天晚上，估计爸爸睡着了，我轻轻地出了门。

"友国，这么晚了出去干什么？"谁知道，父亲喊住了我。

我支支吾吾半天，想着怎么撒谎。

父亲生气了，逼我说出了实话。

"友国，你到我跟前来。"父亲朝我招招手。

我走过去，坐在床头。父亲依然用那只慈善的手摸了摸我的头，突然停住，然后狠狠地打了我一巴掌，心疼地对我说："孩子，你这辈子要牢牢记住两句话，有毒的东西不能吃，害人的事情不能干。人穷不能志短！"

那是父亲第一次用他"摸"我的手打我，也是最后一次打我。那双"摸"大我的手啊！

在部队接到姐姐的电话，得知父亲去世的噩耗，我的第一个感觉就是天塌了下来。

111

爸爸，你不能走啊，儿子还没来得及给你尽孝！

三天后，我赶回了老家。那是一个夏天，父亲的遗体在我到家的前一天已经火化。我还是没有见到父亲的最后一面。

"你们为什么不等我回来？你们为什么不让我见最后一眼？"我失去理智地叫喊，责问我的哥哥和姐姐。

按照家乡的风俗，子女们要为过世的老人守灵三天。我抱着父亲的骨灰盒跪了整整一夜。那一夜，我默默地为父亲哭泣，默默地为父亲祈祷，默默地和父亲对话，恍惚之间，我总感觉父亲还在用那双温暖的双手在抚摸着我。

父亲下葬那天，我到了墓地，总觉得不能让父亲就这样完全地离开我。我打开骨灰盒，从里面取出一块遗骨，我想把它放在我随身带的士兵证里，我要让父亲永远陪着我。

姐姐看见了，含着泪对我说："小弟，爸爸一辈子身体不健全，他带着终生的遗憾走了，你怎么也要让他老人家完完整整地走啊！"

而今，父亲离开我们已经整整十年了。我一直想写一篇诔文来祭奠我的父亲，每次写到父亲，总感觉父亲在摸着我，手中的笔总是显得无力，情感的语言总是匮乏，眼泪一次次地将稿纸打湿，脑子里一次次出现空白，炽热的情感又一次次地被凝固……

感恩提示

gan en ti shi

朴素的文笔，浓厚的感情！

"我"的父亲是个盲人，母亲是个哑巴。"我"没有别的孩子的"幸运"，在受人歧视的目光中长大。

而父亲的双手不仅"摸"大了一个男孩，还"摸"去了"我"心中的伤痕和委屈。家境的不济，生活的窘迫，命运看似对作者非常不公平。然则，命运送给了他最珍贵而又最含蓄的一份礼物——默默中的父爱。许久，文章中父亲的那双没有指纹的手仍然深刻地印在我的脑海中，宽大、坚毅，布满伤疤，然而却十分温柔。父亲性格内敛，不善言辞，却能毅然地无怨无悔地为"我"撑起了一片蓝天，——这就是父爱的伟大！文章的语言纯朴，没有很华丽的修饰，但在对"我"童年故事的陈述，以及对父亲的细节描写，字里行间却透露出一份浓浓的爱，虽普通但胜过了千言万语。

山川无言，大海无言，一切的一切，我想此刻都被这份深沉的父爱感动了。

(陈　婷)

那天母亲数落了我一顿。数落完我，又给我凑足了够买《青年近卫军》的钱……

我想我没有权利用那钱再买任何别的东西，无论为我自己还是为母亲。

最深情的哺育

◆文/梁晓声

我忘不了我的小说第一次被印成铅字时的那份儿喜悦。我日夜祈祷的是这回事儿。真是的，我想我该喜悦，却没怎么喜悦。避开人我躲在某个地方哭了，那一刻我最想我的母亲……

我的家搬到光仁街，已经是 1963 年了。那地方，一条条小胡同仿佛烟鬼的黑牙缝，一片片低矮的破房子仿佛是一片片疥疮。饥饿对于普通人们的严重威胁毕竟已经开始缓解，我是小学五年级的学生了，已经有三十多本小人书。

"妈，剩的钱给你。"

"多少？"

"五毛二。"

"你留着吧。"

买粮、煤、劈柴回来，我总能得到几毛钱。母亲给我，因为知道我不会乱花，只会买小人书。当年小人书便宜，厚的三毛几一本，薄的才一毛几一本。母亲从不反对我买小人书。

我还经常出租小人书，在电影院门口、公园里、火车站。有一次火车站派出所一位年轻的警察，没收了我全部的小人书，说我影响了站内秩序。

我一回到家就号啕大哭，我用头撞墙。我的小人书是我巨大的财富，我觉得我破产了，从阔绰富翁变成了一贫如洗的穷光蛋。我绝望得不想活，想死。我那种可怜的样子，使母亲为之动容，于是她带我去讨还我的小人书。

"不给！出去出去！"

车站派出所年轻的警察，大檐帽微微歪戴着，上唇留两撇小胡子，一副葛列高利那种桀骜不驯的样子。母亲代我向他保证以后绝不再到火车站出租小人书，话说了许多,他烦了,粗鲁地将母亲和我从派出所推出来。

母亲对他说:"不给,我就坐在台阶上不走。"

他说:"谁管你!""砰"地将门关上了。

"妈,咱们走吧,我不要了……"

我仰起脸望着母亲,心里一阵难过。亲眼见母亲因自己而被人呵斥,还有什么事比这更令一个儿子内疚的?

"不走,妈一定给你要回来!"

母亲说着,就在台阶上坐了下去。并且扯我坐在她身旁,一条手臂搂着我。另外几位警察出出进进,连看也不看我们。

"葛列高利"也出来了一次。

"还坐这儿?"

母亲不说话,不瞧他。

"嘿,静坐示威……"

他冷笑着又进去了……

天渐黑了。派出所门外的红灯亮了,像一只充血的独眼自上而下虎视眈眈地瞪着我们。我和母亲相依相偎的身影被台阶斜折为三折,怪诞地延长到水泥方砖广场,淹在一汪红晕里。我和母亲坐在那儿已近四个小时,母亲始终用一条手臂搂着我。我觉得母亲似乎一动也没动过,仿佛被一种持久的意念定在那儿了。

我想我不能再对母亲说——"妈,我们回家吧!"

那意味着我失去的是三十几本小人书,而母亲失去的是被极端轻蔑了的尊严,一个自尊的女人的尊严。

终于,"葛列高利"又走出来了。

"嗨,我说你们想睡在这儿呀?"母亲不看他,不回答,望着远处的什么。

"给你们吧……"

"葛列高利"将我的小人书连同书包扔在我怀里。

母亲低声对我说:"数数。"语调很平静。

我数了一遍,告诉母亲:"缺三本《水浒》。"

母亲这才抬起头来,仰望着"葛列高利",清清楚楚地说:"缺三本《水浒》。"

他笑了,从衣兜里掏出三本小人书扔给我,咕哝道:"哟嗬,还跟我来这一套……"

母亲终于拉着我起身,昂然走下台阶。

"站住!"

"葛列高利"以将军命令士兵般那种不容违抗的语气说:"等在这儿,没有我的允许不准离开!"

我惴惴地仰起脸望着母亲。

"葛列高利"转身就走。

他却是去拦截了一辆小汽车,对司机大声说:"把那个女人和孩子送回家去,要一直送到家门口!"

……

我买的第一本长篇小说是《青年近卫军》,1元多钱。母亲还从来没有一次给过我这么多钱。

我还从来没有向母亲一次要过这么多钱。

但我想有一本《青年近卫军》,想得整天失魂落魄、无精打采。

在自己对自己的怂恿之下,我到母亲的工厂向母亲要钱。母亲那一年被铁路工厂辞退了,为了每月27元的收入,又在一个街道小厂上班——一个加工棉胶鞋帮的作坊式的街道小厂。

那是我第一次到母亲为我们挣钱的那个地方。

空间非常低矮,低矮得使人感到心里压抑。不足200平方米的厂房,四壁潮湿颓败。七八十台破缝纫机一行行排列着,七八十个都不算年轻的女人忙碌在自己的缝纫机后。因为光线阴暗,每个女人头上都吊着一只灯泡。正是酷暑炎夏,窗不能开,七八十个女人的身体和七八十只灯泡所散发的热量,使我感到犹如身在蒸笼。那些女人们热得只穿背心。有的背心肥大,有的背心瘦小,有的穿的还是男人的背心,暴露出相当一部分丰满或者干瘪的胸脯,千奇百怪。毡絮如同褐色的重雾,如同漫漫的雪花,在女人们、在母亲们之间纷纷扬扬地飘荡,而她们不得不一个个戴着口罩。女人们、母亲们的口罩上,都有三个实心的褐色的圆。那是因为她们的鼻孔和嘴的呼吸将口罩濡湿了,毡絮附着在上面。女人们、母亲们的头发、臂膀和背心也差不多都变成了褐色的,毛茸茸的褐色。我觉得自己恍如置身在山顶洞人时期的女人们、母亲们之间。

七八十台破缝纫机发出的噪声震耳欲聋。

我穿过一排排缝纫机,走到一个角落,看见一个极其瘦弱的女人,毛茸茸的褐色的脊背弯曲着,头凑近在缝纫机板上。周围几只灯泡的电热烤着我的脸。

"妈……"

背直起来了,我的母亲。转过身来了,我的母亲。肮脏的毛茸茸的褐色的口罩上方,我熟悉的一双疲惫的眼睛吃惊地望着我,我的母亲的眼睛……

母亲大声问:"你来干什么?"

"我……"

"有事快说,别耽误妈干活!"

"我……要钱……"

我本已不想说出"要钱"两字,可是竟说出来了!

"要钱干什么?"

"买书……"

"多少钱?"

"1元5角就行……"

母亲掏衣兜,掏出一卷毛票用指尖龟裂的手指点着。

旁边一个女人停止踏缝纫机,向母亲探过身,喊:"大姐,别给!没你这么当妈的!供他们吃,供他们穿,供他们上学,还供他们看闲书哇!"又对我喊,"你看你妈这是在怎么挣钱!你忍心朝你妈要钱买书哇!……"

母亲却已将钱塞在我手心里了,大声回答那个女人:"谁叫我们是当妈的啊!我挺高兴他爱看书的!"

母亲说完,立刻又坐了下去,立刻又弯曲了背,立刻又将头俯在缝纫机板上了,立刻又陷入手脚并用的机械忙碌状态……

那一天我第一次发现,我的母亲原来是那么瘦小,竟快是个老女人了!那一刻我努力要回忆起一个年轻的母亲的形象,竟回忆不起母亲她何时年轻过。

那一天我第一次觉得我长大了,应该是一个大人了。并因自己15岁了才意识到自己应该是一个大人了而感到羞愧难当,无地自容。

我鼻子一酸,攥着钱跑了出去……

那天我用那1元5角钱给母亲买了一听水果罐头。

"你这孩子,谁叫你给我买水果罐头的?!不是你说买书,妈才舍得给你钱的嘛!"

那天母亲数落了我一顿。数落完我,又给我凑足了够买《青年近卫军》的钱……

我想我没有权利用那钱再买任何别的东西,无论为我自己还是为母亲。

从此我有了第一本长篇小说……

感恩提示

gan en ti shi

作者通过母亲的对话来突出这位母亲的性格与对孩子的关爱。所谓最深情的哺育,就是母亲的爱的滋润。母亲把最好的留给孩子,心里永远把孩子放在第一位。

这位母亲为了不让孩子伤心失望,带孩子到派出所把小人书给要回来,尽管警官们对此不理不睬，她依然坚持在门口坐着示威，维护了母亲的尊严，和一个孩子的自尊。通过"葛列高利"这个人从侧面反映了这种最深情的哺育的伟大与力量。

"那一天我第一次发现，我的母亲原来是那么瘦小，竟快是个老女人了！那一刻我努力要回忆起一个年轻的母亲的形象，竟回忆不起母亲她何时年轻过。"这句话深深地打动了我。

是啊，平时对于母亲的用心良苦与默默付出，我们又能理解多少，回报多少呢？

我们都在母亲最温暖的怀抱中成长，即使不能为母亲做些什么，至少也能给母亲一个爱的拥抱吧，以报答母亲最深情的哺育！

(冼沛明)

终于有一天，她去世了。突然间，你想起所有从来没做过的事时，你觉得心在隐隐作痛……

母爱如斯

◆文/伏羲

当你1岁的时候，她怜爱地喂你吃奶，而作为报答，你在她的乳头上狠狠地咬了一口；

当你2岁的时候，她坐在小床旁唱着摇篮曲哄你入梦乡，而作为报答，你却在她累得刚睡着时号啕大哭；

当你3岁的时候，她照着食谱做了几十次才熬出一盘鲜美的肉粥，而作为报答，你一下把那盘肉粥打翻在地；

当你4岁的时候，她给你买了一个和你一样可爱的洋娃娃，而作为报答，你一下子就把洋娃娃的手脚卸了下来；

当你6岁的时候，她给你买了一套漂亮的新衣服，而作为报答，你穿上后就和小朋友们跑到附近的水洼去玩；

当你8岁的时候，她给你买了花皮球，而作为报答，你掷碎了邻居窗户上的玻璃；

当你 10 岁的时候，她省下了半个月的工资给你买了电子琴，而作为报答，你乱按了几天，从此就再也没有碰过它；

当你 13 岁的时候，她送你和你的小同学们去看电影，而你要她坐到另外一排；

当你 14 岁的时候，她付钱让你参加夏令营，而你却一封信也没有写过给她；

当你 17 岁的时候，她在等着一个很重要的电话，而你却坐在电话机旁和你的朋友聊了一个晚上；

当你 18 岁的时候，她偷偷准备了一桌丰盛的晚餐等你回来一起庆祝你的高中毕业，而你却跟同学聚会到天亮；

当你 19 岁的时候，她到处借钱付了你大学的学费又送你到学校的第一天，你却要求她在校门口下车，怕被朋友看见而丢脸，并让她以后别来学校探望你；

当你 22 岁的时候，她低声下气地为你找了一份工作，而你在上班的第二天就和上司大吵一场，并辞去了工作；

当你 24 岁的时候，她买了家具为你布置新家，而你却对朋友们抱怨那些家具是多么的老土；

当你 27 岁的时候，她在你婚礼上毫不出众地坐在那里时，你像花蝴蝶一样穿梭于宾客之间，却始终没向她敬一杯酒；

当你 30 岁的时候，她对你照顾婴儿提出建议，而你不胜其烦地对她说："妈，现在时代不同了！"

当你 40 岁的时候，她提前一个礼拜告诉你她生日，而到了那一天，你却和同事玩了一天的麻将；

当你 50 岁的时候，她时常患病，需要你的看护，而你却宁愿花时间去关注一套肥皂剧的剧情；

终于有一天，她去世了。突然间，你想起所有从来没做过的事时，你觉得心在隐隐作痛……

感恩提示
gan en ti shi

这是一篇构思十分精巧的文章，看完之后不由地引起我的一片沉思。这就是母爱的无奈吗？我们每一个人，每当想起自己与母亲的种种，也许或多或少的都会有像文章中那样的情况存在。我们的母亲总是像这样围绕在我们身边，用她们全部的爱保护我们，可是，我们却永远缺少一双发现爱的眼睛，直到她渐渐离我们远去,轻轻地……

本文作者通过简练的语言,极其简洁地描绘了一个人的一生,选取我们生活中最常见的几个生活片段,这样,更有利于读者接受。通过生活小事来表现母爱,更能引起人们的共鸣。

能得到母爱的人永远都是最幸福的人,然而我们却总是漠视这种幸福,爱就在身边,却视而不见,直到它消逝的那一刻才发现,这不是很悲哀吗?

(冼沛明)

孩子,妈妈是爱你的。正因为爱你所以要为你的将来考虑。妈宁可让你恨我,也不愿看到你的婚姻不幸。

母爱没有固定的表达方式

◆文/张□嘉

大四那年的寒假,我将男友许峰带回家。

许峰虽是农村长大的苦孩子,却是个极有头脑的人,且高大英俊,口才极佳。相形之下,我这个成都市里的女孩成了见不得人的丑小鸭。每每揽镜自照,我都为自己平淡的五官叹息不已,也因此格外以许峰为重。

到家的时候是晚上,桌上早已摆满了丰盛的菜肴。寡居的母亲独自在桌前正等我们。家里一下子热闹起来。母亲跑前跑后地忙碌着,一会儿倒水,一会儿去端菜,一会儿又想起为我们煲的汤。母亲的忙碌消除了许峰先前的紧张,他冲着我偷偷做了一个如释重负的表情,我抿着嘴笑了。

那顿饭母亲吃得极少。她不停地往我们的碗里夹菜,又很随和地问了许峰家里的一些情况,然后就若有所思地啜着清茶,看我们狼吞虎咽地吃。我们边吃边和母亲说起许多学校里的事,母亲很感兴趣地听,慈爱的目光不时地从我的脸上移到许峰的脸上。

许峰在我家里住了五天。走的那天我到车站去送他。等车的时候许峰很随意地说:"你母亲好像不喜欢我。"我嗔怪他:"瞎说! 你这么优秀,我母亲怎么会不喜欢你?"许峰笑笑,目光越过我的头顶盯着远处驶过来的火车说:"但愿!"

回到家,我急不可待地问母亲的意见。母亲表情淡淡地说:"许峰不大适合

你。"我急了，说道："怪不得许峰说你不喜欢他，果然如此。"母亲迅速地看了我一眼说："他真的很聪明。可是，我就是不喜欢太聪明的人。"那个寒假，因为许峰，我和母亲闹得很不愉快；还不到开学的时间我就提前返校了。

转眼就大学毕业了。通过母亲的四处活动，我在一家银行谋到一份事做，许峰不愿回到农村也留在这座城市里，在一家外贸公司打工。这样，我们的婚事就成了首待解决的事情。

那天我又和母亲谈起我和许峰的事，母亲头也不抬地说："好，我不再阻拦你们，你让许峰拿出5万元钱来，你就可以嫁给他。"看着母亲拿出她在单位做总经理的精明来对待我的婚事，我有些气恼。我说："许峰的家在农村，怎么拿得出这么多钱？"母亲斩钉截铁地说："那好，我给他三年的时间，他赚不来这些钱休想娶到你！"我不明白一向开通的母亲怎么突然变得蛮横起来，难道母亲也是嫌贫爱富的人吗？我非常伤心地说："妈，为什么要这5万块钱，是不是因为你瞧不起他是农村人？"母亲冷冷地看着我说："他是哪里人我不管，你可是我养大的，不能说飞就飞吧？"我再也控制不住自己了，说："好！我们就赚足5万块钱给你！"

我将母亲的意思跟许峰说了，许峰面色铁青地吸着烟，许久才开口道："如果我能调到好单位，赚钱应该很容易。"我低头道："我母亲虽然有些能力，可是她不见得肯帮我们。""我们先试试呀！"许峰鼓励我，"别这么容易泄气，你是独生女，你母亲能不为你着想么？你去求她，她肯定会答应的。以后我在工作上有了发展，你母亲不也觉得光彩吗？"想想也确是如此，我点点应允了他。

回家和母亲商量许峰工作调动的事情，母亲态度更加坚决起来。她说："不要靠我。他如果真有能力，还怕没有发展吗？"我急得哭起来。母亲说："明惠，许峰真的不适合你，你应该多用心想想你们的将来。"我抽泣着说："你什么都不肯帮，我们还有什么将来！你说许峰不适合我，我这个样子，还想找个什么样的？"母亲看着我，欲言又止，最后说："你总有一天会明白做母亲的心。"母亲走了，我抬头看镜中哭得眼睛红肿的自己。经过泪水的浸泡，我平平淡淡的一张脸更加难看。

母亲不肯帮忙，许峰在外贸公司的工作越来越不顺心。他开始消沉起来，不久又开始拼命地喝酒抽烟，发起脾气来样子非常吓人。看他这个样子我非常心疼。我轻声安慰他说："别着急，我们总会有办法的。"许峰很不耐烦地说："有什么办法？你当经理的老妈对我们不管不顾，我们还有什么办法？"我低声说："我们不靠她！""那我靠谁？靠你吗？"许峰瞪起眼来，声音大得吓人。我的眼泪簌簌地掉下来，他气呼呼地说："你就知道哭！"

也许是因为心情烦躁，许峰对我总是爱理不理的。我想，在这座城市里只有我是他最知心的人，心情不顺时他不冲我发脾气还能冲谁呢？渐渐地许峰很少来找我,电话也很少打来,我怕他憋在宿舍里喝闷酒,那天傍晚就买了许多他爱吃的东西去宿舍看他。

许峰锁好了门正要出去,看到我他似乎犹豫了一下,重又打开门说:"进来吧,和你说件事。"我抬头小心地研究他的气色,发现他脸上非但没有颓丧的表情,好像还有一丝掩饰不住的喜气在他的脸上跳跃。他开门见山地说:"明惠,我们分手吧!我已经有女朋友。"他的话如雷轰顶,我当场愣住了,手里的东西七零八落地撒了一地。

"为什么?"我喃喃地问。"因为你帮不了我什么,而那个女孩可以帮我找到一份稳定的工作。"我清醒了一些,问:"就因为这个?""是!"他的表情沉重起来,"我是个农家孩子,我的一切努力都是为了能跳出农村。"我咬牙道:"原来你是想拿我作跳板?"许峰支吾道:"算是吧!"我满眼泪水,转身冲出他的宿舍,奔进深深浅浅的暮色里,跌跌撞撞地跑回家。

我趴在床上痛哭不已。母亲抚着我的背说:"为这样的人伤心不值,他是什么样的人我早就看出来了。还记得他第一次来吗?吃饭时他只顾挑他最喜欢吃的菜,根本不照顾你。我想如果你嫁给他肯定不会幸福的。"我听了一惊,没想到母亲这样细心,将他那么隐蔽的缺点都看到眼里。我抽泣着问:"那你怎么不跟我说明白?"母亲说:"你不会听我的,我知道你脾气很犟。所以我想了个办法,非要他拿出5万块钱来,结果给我一试他就露馅了。孩子,妈妈是爱你的。正因为爱你所以要为你的将来考虑。妈宁可让你恨我,也不愿看到你的婚姻不幸。"

感恩提示
gan en ti shi

世上没有不爱自己孩子的母亲,只有不理解母爱的孩子。母爱,是一种出于内心深处的情感,一种微妙温暖的情感,一种超于生命的情感。

母爱是没有固定的形式的,每一位母亲表达爱的方式都不一样,有些会对孩子的生活照顾得无微不至;有些会对孩子的生活方面很少过问,但非常关心他的学习、工作;有些趁孩子还小,就把孩子送到国外,难道是父母不喜欢你吗?绝对不是这样的。父母们只是为了孩子未来的前途才忍痛送孩子到国外深造,不惜金钱与牵挂……也许有些母爱会很极端,可能伤害了你,但你能说她不爱你吗?只是她爱你了,爱得有点过了头,在方式上有点问题而已。但做孩子的我们,又有几个能理解这种爱呢?

正如文中的母亲,她对孩子的爱就是无微不至的。每个小小的细节,都能反映出她对孩子的爱是无处不在的。她泡的每一杯清茶，做的每一份早餐，织的每一针一线等，都充满了浓浓的爱意。她了解孩子的脾气、性格，所以宁愿孩子对自己误解也不希望孩子不幸福，难道这种母爱还不够伟大吗？

文章深深打动了我的心，这位母亲的行为在平凡中表现出的是不平凡。我们要学会理解母亲那平凡的行动中蕴涵的不平凡的爱！

（陈书杏）

父亲的模样，我刻在心上。有时在街边走，无论是匆匆地穿行，还是闲闲地散步，目光总在寻我。

父 亲

◆文/素 素

十年前的那一天，父亲像一朵苍白的蒲公英，为太阳做了标本，落在乡下那一座山上，就在那座山上荒芜了。

十年中，最怕人问我父亲做什么，在哪里。一问，心就绞成了绳子。十年中，我无数次坐在桌前想写点儿关于父亲的文字。一铺开稿纸，眼睛就下起了滂沱大雨。

一个女孩子不能没有父亲。即使为人妻为人母，做了成熟的女人，也不能没有父亲。因为，人可以同时面对各种感情，每一种都是唯一的，绝对的。

是初秋的一个早晨，我坐在办公室里看报纸。看完了，又一份一份装订上。办公室里散发着清扫后那种整洁的气息。这是我留校工作的第一天，非常祥和。

老师们上班来了，检阅我一个早晨的辛苦和不安。我的脸发烧。这时楼下有人喊我接长途电话，声音似不对头。

我飞起来跑到传达室。

大弟在电话里哭得断断续续："姐，快回来，爹不好了，晚了就看不见了……"

我已记不清我是怎样跌跌撞撞由校区跑到市里，又怎样跌跌撞撞爬上那列即将出站的特快了。当我跑进县医院急救室时，家里许多人都在，一个个垂头丧气。整个房间只有一张大床，父亲像陷在白色泡沫里，等待人去救他。床边，无数条管子通向他的身体，喘息很弱，双目微奕，像在竭力延长早晨那个最甜的梦。我如叶地飘到他的身旁，想从这片安详里寻找死神蠕过的痕迹。可是什么也没有。

父亲的头发像年轻人那么带着油光，且带着自然的卷曲。额头宽而白净，皱纹又浅又淡，回到乡下一比，就知道是城里地方住的。父亲的鼻子挺秀，像女人。嘴唇略厚，线条很温柔，平时总是紧闭着，一闭，下巴就裸露出一片雨点般的肌肉坑儿。不了解父亲的人，就以为他一天总在生气。

可是现在，父亲的嘴唇合不上，下巴松弛得一点儿波澜也没有。我多么想生出一只神手啊，捏住父亲身体里支撑生命的那几根神经，让他从此醒来！

醒过来就一定是那次栽葱的记忆。父亲让我把葱根摆整齐，我急着去玩就摆得乱七八糟。"摆成什么了！"父亲第一次朝我发火，我扭头就跑。吃晚饭的时候，父亲慌了，一头钻进棉槐壕里，叫魂儿似的找："素儿，里面有蛇，别吓着⋯⋯"他知道我最怕蛇。

醒过来就一定是那个雨季。老师带我和另一个女学生到县里学跳"忠字舞"。午睡时，天下起小雨，我偷跑出来闲逛。没想到，在商店门口遇见父亲。他惊喜万分，像绿蝴蝶似的张开雨衣，抱住我淋湿了的小脑瓜。看我一双家做的布鞋变成水鞋，转身走进商店，阔气地买了一双塑料凉鞋。只记得，中午喝汤早晚吃咸菜的父亲，却让我在乡下的那个夏天，变成了公主。

醒过来就是一个严冬漫长的故事：

高考体检的路上，车翻了，伤亡惨重。在我整个的头被绷带裹住、理想摔得皮开肉绽的时候，父亲生平第一次那么无所畏，舍了工作陪护我两个月零六天。那是1978年元旦与春节之交，我住在大连的一所大医院里，枕头下藏了一面小镜子，每天以泪洗面。

父亲每早总是最先一个进病房，给我端了尿盆，陪我吃了早饭，然后就搬个小方凳，守在床边用一双慈父的目光照耀着我。屋子里住的全是一起受伤的女孩子，有几次她们想解手，憋得眼神儿都不对了，父亲也没察觉，最后被女孩子们公然"驱逐"。等父亲明白过来，脸就红得像喝了酒，于是一天就在走廊上站着，不喊不敢进屋。

父亲执意回乡下一次，背来一包母亲包的酸菜肉馅饺子。趁女孩子们不注意，父亲把一个小布包塞进我的被子里。一看，居然是女孩子"坏事儿"用的东西。母亲说，他那次回家就是为了取这些东西，饺子在其次。

父亲每早进屋时总是显得又冷又饿。我问他夜里睡在哪儿，他说，在医院车库一间打更小屋找的宿儿，那屋里有暖气，床也干净。我就信以为真。出院才知道，父亲就在医院前大厅空旷的长椅上，躲过门卫老头一次又一次的"清剿"，披一件大衣睡了六十六个无眠的冬夜⋯⋯

在母亲眼里，父亲醒过来就一定是他23岁参军走时的样子。穿一身黑棉袍，戴一顶黄毡帽,怀抱两岁的姐姐,对母亲说:"听枣树上喜鹊叫,不是我的信儿到了,就是我人到了。"让母亲后悔昨晚上没把那壶烧开的水浇到他腿上,却煮了路上吃的鸡蛋。

在姐姐眼里,父亲醒过来就一定是她出嫁那天的情形。父亲抱着小弟逃出送亲的人群,走到大柳树下像小孩子一样哭泣。

在弟弟们眼里,父亲醒过来就一定是那一次生死关头。他正和母亲烧豆腐汤,大弟小弟爬上柜子,把母亲兑好的一碗卤水当红糖水喝了,喝完了问:"爹,怎么不甜?"父亲一听脸色变了,差点儿喊救命,倒是母亲镇定,用手指去抠两个淘气弟弟的喉咙……

许多往事积淀在心里,许多泪水一触即不可收。我断不相信,贫穷的时候,幼小的时候,我们有父亲,生活安定,事业成功的时候,父亲会离我们而去!

我不相信。

父亲的身体好极了,他所在的劳改管教支队就有医院,院长丁伯伯是父亲的老战友。他说父亲甚至没有一册病志。他还说,假如他不开那个玩笑,父亲就不会病成这样。

我不明白他说的什么,我只知道父亲是因为我才病的。毕业时,学校通知我留校工作。过几天,学校又来信说不留我了。记得那是 1979 年 8 月末的一天,当我把一切都找回来,重又向父亲报告喜悦的时候,他显得疲惫,脸色苍白,不论我情绪怎样飞扬,他已经激动不起来了。中午的饭也办得潦草,吃几口便放下筷子,一个人看报纸。我也跑累了,打一盆凉水泡脚。要到 1 点了,父亲说他得去开会,我便看着他走进那座森严的院子。

其实,父亲那几天一直感冒。那个中午,他懒得说话,我也懒得说话,我们都以为这世间有的是供我们父女说话的时光,用也用不完。就在那天晚上,父亲倒下便再也没有起来。他一个人在小火炕的蚊帐里发着高烧。他试图起来过,后背都磨烂了,可是夜太深,太遥远。他烧得口干,喊不出来,烧得骨软,挣扎不起来。那个时刻,父亲的神志一定是清醒的,他心里想些什么? 他才 53 岁,连一次生病的经验也没有,他怎么会处理这急来的恶魔呢?

父亲在大院里有一间办公室,里屋便是宿舍。或许是那里面的气氛使他梦中也不轻松,就选择在院外农场的一间平房里住。那天早晨,总与父亲散步打拳的丁伯伯见屋里没动静,以为父亲又熬夜了,便捡来一块木板顶在门上。他想和父亲开个玩笑,他们以前常开玩笑。

第二天早晨,丁伯伯又来了,他想听听父亲如何骂他。可那块木板没人动过。他感觉到了什么,忙招呼人踹门。门开了,父亲已奄奄一息。就是说,在地狱与天堂之间,父亲整整奔波了两夜一天……

　　然而,不论丁伯伯怎么说,我的心仍疚疼难当。父亲是个性格内向情感脆弱的人,他太以子女为重。我考的是大学,却因车祸"照顾"到中专;留校的事,已人人皆知,突然又不留。一个乡下女孩,没有父母一点儿庇护,路全由我自己独走,他因为无奈而难堪。如果那天我问问父亲哪里不舒服,如果由我陪他进一次医院,也许就什么都不会发生了。在生命的十字路口上,只需伸伸手就可以拉住父亲,我却无动于衷,任由死神大摇大摆地邀请父亲!

　　我去大连请教名医,要求把父亲转到市里来治。名医说病人已经不起转院的颠簸。我急忙挡住他的话,怕父亲的灵魂正跟在我身后,一旦听见会痛不欲生。那个夜晚,我无助又无望地踟蹰在滨城的大街上,不知路在哪里。

　　父亲单位首长派人到沈阳买来两颗牛黄安宫丸。我把那贵重的药丸捏成碎末喂给父亲,然后大家围过来等待奇迹。一天过去,两天过去,父亲仍跋涉在死寂的沙漠里。他走不出来。

　　父亲农场的犯人来了,他们做了一个小菜板,把翠绿的小白菜洗干净,剁碎,放在一块纱布里挤出汁儿,又在酒精炉上熬八分熟了,让我给父亲喝下去。父亲的喉咙咕噜了几声,他似乎感觉到了那生命的泉。但他仍然滞留在谷底……

　　住院日记写到第十四天,想不到那就是世界末日。像尼采当年目睹了父亲和小弟的死,然后对生命产生恐惧一样,我第一次被死亡的力量震慑了:父亲从始至终,就不会睁开眼睛看一看,就会没有一句分别的话,就会气息一点一点弱下去,弱下去,最终消失在那片无边无垠的黑暗之中……

　　父亲他真的就一个人远行了。

　　那个秋意浓重的夜晚,我们的哭声响彻了名叫瓦房店的小城。

　　首长为父致悼词时,我才知道,他是省公安战线连年的劳动模范,刚刚当选为省劳改总队党代会代表。我才知道,父亲很会贮藏白菜,农场的白菜够支队的人吃三个季节,连县蔬菜公司也要跟父亲讨教……可这一切,父亲从未流露过,他的嘴总是紧紧地关闭着,就那么轻松地带着一个一个荣誉的行囊上路了,就那么淡漠地带着阳光和骄傲,带着不该只属于他的秘密,背着手走了!

　　我心里一定是保留了什么,有一次梦游时与父亲重逢,就问:"爹,你最爱吃啥?"他笑着说:"你忘啦?我最爱吃红皮地瓜。"于是,梦中就有了姐夫和大弟赶来的白马车,上面装满了红皮地瓜……

　　父亲的模样,我刻在心上。有时在街边走,无论是匆匆地穿行,还是闲闲地散步,目光总在寻找。偶尔,就会惊异地站在一个酷似父亲的长者面前,呆一阵,陌生而又绝望地离去。

125

父亲三周年祭的时候,我从城里回到乡下。父亲的骨灰安葬在西山后的祖坟地里,那颗从23岁就开始流浪的灵魂,去了另一个世界才得以与家人长相厮守。

那天上坟的人很多是长辈,他们认为女儿为父亲所能做的就是烧香磕头。当我宣布说我要在父亲坟前说几句话时,全体目瞪口呆。姐姐在烧纸,大弟小弟在添土,其余的人懒散地坐在草地上。他们以为我读书读迂了。可是,当我一笔一画雕刻出父亲的塑像时,山坡上男人女人哭成一片……

前不久,接母亲到城里住。母亲说,现在乡下时兴给过世的人祭十周年。我明白母亲的意思,就劝她不要流俗,父亲生前是个平凡的人,但他不是一个平庸的人。母亲点点头补充说:"一个老实人。"

感恩提示
gan en ti shi

世上除了母爱,还有一种爱哺育着我们成长,那就是父亲的爱。如果说母亲的爱像月亮般的柔和温馨,让人有温馨感;那么,父亲的爱就有太阳般的灿烂、热情。

文中并没有直接告诉读者父亲是怎样的一个人,而是写到了"我"、母亲、姐姐和弟弟在医院里等待父亲醒来时的想像,从侧面来塑造出父亲的形象。作者描写了多个人眼里的父亲的形象,也就是从各方面写父亲,让读者对父亲的形象有更深刻、更全面的了解。

父亲在"我"眼里是个非常内向、热爱工作、非常关心家人的男人。父亲一向都很健康,突如其来的病把家人都吓坏了。世事难料,没人知道下一秒钟会发生什么事,有些东西错过了,也许只能留下一辈子的遗憾了。

作者最终才知道父亲是省公安战线连年的劳动模范,而这个细节也突出父亲高大的形象,使家人对父亲更加尊敬。结尾处母亲的一句话"一个老实人"简单点出了这位父亲的性格。但我们知道这位父亲是个平凡但不平庸的人。

(杨颉心)

回家的路上,我看到大滴的泪珠顺着母亲满是皱纹的脸滑落,这是我第一次看见我的母亲流泪。

泪雨滂沱报亲恩

◆文/张正直

　　我的家乡在沂山腹地。这里土壤多为砂石,小麦、玉米等农作物不易生长,村民们一年到头全靠地瓜干煎饼来维持生活。我们兄妹四人,我在家是老大,日子过得很苦。但母亲没有听邻居大叔那句"穷读书、富放猪"的致富经,先后把我们送进了学校。

　　从我记事起,便知道父亲没日没夜地在山上采石头卖,辛辛苦苦的父亲采一天石头才能挣5角钱。母亲在田里劳作,操持一家人的生计。常年的辛劳使她患了一身的病。

　　我12岁那年,考上了县一中,这对于一个农家娃来说十分不易。在县城一中读书那几年,我一日三餐靠吃母亲送来的地瓜煎饼和咸菜充饥,发愤苦读,为的是考上大学,让母亲得到些许的安慰。没想到日后我以5分之差落榜。

　　记得从县城看榜回家时,母亲正蹲在地下剁地瓜皮。见我回来,她期盼地问:"儿子,考上没有?"

　　我不敢正视母亲的眼睛。眼泪禁不住流了出来,"别泄气,考不上再考",母亲又继续剁地瓜皮。只听"哎哟"一声,我抬头一看,母亲正用右手使劲捂着翻地瓜的左手,殷红的鲜血顺着手背淌了下来,滴在了未剁碎的地瓜皮上。

　　那一刀剁在了母亲的手上,也剁在了我的心上,整整疼了好几年啊!

　　第二年,我考上了山东省丝绸工业学校。这时,母亲再也拿不出一分钱。她东借西借只借到了70元钱,可离300多元的学杂费还差得太远。母亲三天三夜没合眼,看见母亲更加消瘦的脸和日渐增多的皱纹,我哭了:"妈,这个学我不上了。""说什么傻话,多读书没坏处。妈会想出办法的。"第四天吃完晚饭,母亲告诉我她去姑姑家借些钱。

　　那天,我和父亲坐在灯下一直等到半夜12点,母亲还没回家。我坐不住了,因为去姑姑家都是坎坷不平的山路,要经过几座山和一片阴森的坟地,就是白天走,

127

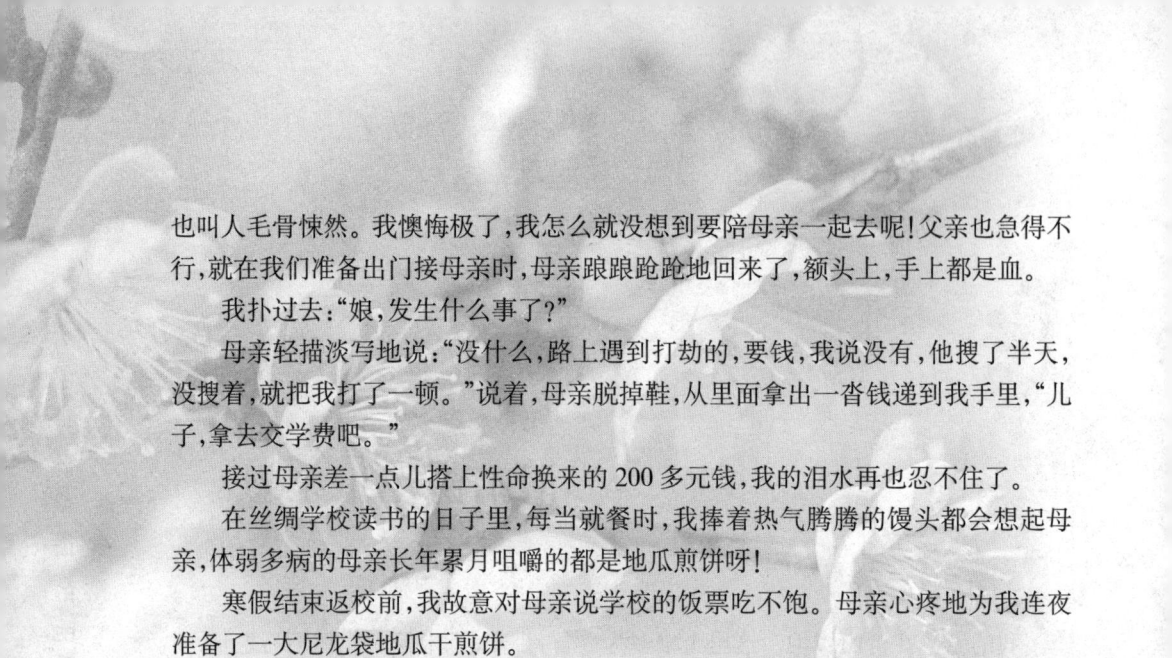

也叫人毛骨悚然。我懊悔极了,我怎么就没想到要陪母亲一起去呢!父亲也急得不行,就在我们准备出门接母亲时,母亲跟跟跄跄地回来了,额头上,手上都是血。

我扑过去:"娘,发生什么事了?"

母亲轻描淡写地说:"没什么,路上遇到打劫的,要钱,我说没有,他搜了半天,没搜着,就把我打了一顿。"说着,母亲脱掉鞋,从里面拿出一沓钱递到我手里,"儿子,拿去交学费吧。"

接过母亲差一点儿搭上性命换来的 200 多元钱,我的泪水再也忍不住了。

在丝绸学校读书的日子里,每当就餐时,我捧着热气腾腾的馒头都会想起母亲,体弱多病的母亲长年累月咀嚼的都是地瓜煎饼呀!

寒假结束返校前,我故意对母亲说学校的饭票吃不饱。母亲心疼地为我连夜准备了一大尼龙袋地瓜干煎饼。

回校后,我把煎饼放在床下的木箱里,每当吃饭时,我就拿上几个偷偷溜出校园,眺望遥远的故乡,啃那令我既爱又恨的煎饼。放暑假时,我用省下的 50 多斤馒头票去食堂换回了两袋馒头。

当我把馒头捧给母亲时,母亲迟迟没有伸手,愣了好半天,她才说:"儿子,这是你偷的吗?""娘,不是……""不是偷的,怎么能有两袋白面馒头?这么多年,娘见也没见过这么多馒头呀。"

我把事情的经过告诉了母亲后说:"娘,自从我记事起,您就天天吃地瓜干煎饼,这次您就接受儿子的这份孝心,吃顿白馍吧。"

母亲怔怔地望着我好大一会儿,伸出双手颤抖地接过馒头,喃喃地说:"好儿子,娘吃。"

1991 年,我从丝绸学校毕业后原指望找个好工作能够供弟弟妹妹上学,减轻父母的压力。可我的梦想很快就被无情的现实击得粉碎。我被分配的那家工厂很不景气。经常一两个月发不出工资。后来我又调了几个单位,但都不尽如人意。我自己的温饱问题都不能解决,又何谈顾及乡下弟妹呢?

这一切对我打击很大。此时,家庭的负担已使父亲越来越力不从心了。

这年年底,我回家过年。一天吃晚饭时,父亲对妹妹甩出一句硬邦邦的话:"兰子过年后别上学了,家里实在没有办法供你读书了。"妹妹傻了一般地看着父亲。母亲则"霍"地站起来:"不行。"父亲瞥了母亲一眼:"你有什么本事供她上学?""我就是到街上要饭,也要供兰子上学!"母亲大声喊道。父亲打了母亲,母亲鼻子里的血流在了她的衣衫上。妹妹"哇"的一声哭了起来,她跪在父亲跟前,抱着父亲的腿,苦苦地哀求:"爹爹,别打娘了,我以后每天都不吃早饭和午饭了,省下钱来上学,行吗?"

我被眼前的一幕惊呆了，我压根儿就没想到父亲会打母亲，也没有想到妹妹会有如此执著的求学精神。

沉默了好长时间，我看见一行浑浊的泪从父亲那张苍老、枯叶般的脸上滚了下来。

他扶起妹妹，哽咽着说："兰子，不是爹不想让你读书，是你今生投错了胎呀！"

母亲默默地对墙而坐，久久沉默不语。

第二天凌晨，大约3点多钟，被一夜噩梦惊醒的父亲发现母亲不在床上。他匆忙披上衣服提着灯笼来到了院子里，借着微弱的灯光，发现昏迷的母亲直挺挺地躺在院子一棵老榆树下，脖子上套着绳索，在绳子的另一端，是一根已经断裂的胳膊般的榆树枝。父亲摸了摸母亲的胸口，心还在跳动。很显然，母亲上吊时，树枝断裂了，是老榆树救了母亲的命。

令我们非常奇怪的是，第二年春天，那棵本来很茂盛的老榆树竟没有发芽，不久就枯死了。

1995年8月，辍学两年的妹妹靠自学考取了泰安贸易学校。这本是一件喜事，但那高达7000元的学费却使母亲一夜之间急白了头。

妹妹恳求母亲："娘，我想上学呀，能不能借些钱，等我毕业后一定还。要不就找一个有钱的婆家要7000块钱还债。""借，我娃能考上，是我娃的本事，娘一定要让你按时上学。"

第二天，母亲让我用独轮车推着她，妹妹在前面拉着，走上了向亲戚借钱的路。这条路真难呀！我们走了几十里路，借遍了二十多个亲戚，任凭母亲磨破嘴皮也没借到一块钱。

回家的路上，我看到大滴的泪珠顺着母亲满是皱纹的脸滑落，这是我第一次看见我的母亲流泪。我知道那是失望的泪，是无奈的泪，也是自责的泪。我不知道怎么安慰母亲，我恨自己这么大的男儿竟不能为母亲分担生活的重负。

晚上，由于一天的奔波，我不知不觉地睡着了。半夜，一阵急促的敲门声把我惊醒，弟弟跌跌撞撞地闯进来，语无伦次地说："哥，娘……出事了……"

我脑袋"嗡"一声，忙冲到母亲房间，只见她斜躺在床上，口吐白沫，脸色发青，已不省人事，旁边有一个翻倒的农药瓶。妹妹抱着母亲的腿放声大哭："娘，娘，您醒醒，我不上学了。"

悲痛欲绝的父亲招呼我和弟弟在乡亲们的帮助下，迅速将母亲送往医院。

感谢白衣天使，母亲打了一天一夜的吊瓶后，终于脱离危险。母亲睁开眼的第一句话是："我无能，我想让孩子上学呀！"

母亲对儿女的这份真情感动了我家的亲戚们，做生意的舅舅送来了2000元，其他亲戚你 200 元、我 300 元，在妹妹报到前一天，终于凑足了所需的学杂费，妹妹起程那天，在母亲面前长跪不起。

如今，妹妹已经毕业，在一家企业上班，两个弟弟也参加了工作，我于 1998 年调到基层政府机关工作，家里的境况有了很大的改善，我们兄妹四人以最大的努力在使母亲度过一个幸福的晚年。

感恩提示
gan en ti shi

这篇文章开门见山，直奔主题，行文如行云流水，丝毫没有笔拙之意。

题目点出了整篇文章的主题。一开始文章就以家贫引出主线，紧扣读者心弦。接下来，文章情节展开，作者考取了理想的学校，却无钱上学，母亲冒着生命危险借来了学杂费，作者以馒头报答母亲这一情节更是催人泪下。母亲为了让妹妹上学而两次试图自杀把全文推向了高潮。最后作者以大团圆的局面结束全文使得情节悲欢交合，使读者对文章不忍释手，欲罢不能。

整篇文章没有太多的写作技巧和华丽的词藻，作者只是以物传情，以情感人。妹妹在母亲面前长跪不起，乃是点睛之笔，太多的无奈尽在无言中。

作者以个人经历塑造出一个母亲高大、坚强的形象，同时也表达出珍惜生活，领略亲情的美好愿望。

(陈 丹)

儿子边哭边说："妈妈，我知道我不是个聪明的孩子，可是，这个世界上只有你能欣赏我……"

只有你会欣赏我

◆文/天 荒

第一次参加家长会，幼儿园的老师说："你的儿子有多动症，在板凳上连 3 分钟都坐不了，你最好带他去医院看看。"回家的路上儿子问妈妈，老师都说了些什么，她鼻子一酸，差点儿流下泪来，因为全班 30 位小朋友，只有她的儿子表现最差，唯有对他,老师表现出不屑。然而她还是告诉她的儿子:"老师表扬你了,说宝宝原来在板凳上坐不了 1 分钟,现在能坐 3 分钟了。其他的妈妈都非常羡慕你的妈妈,因为全班只有宝宝进步了。"那天晚上,她儿子破天荒吃了两碗米饭,并且没让她喂。

儿子上小学了。家长会上,老师说:"全班 50 名同学,这次数学考试,你儿子排在第 40 名,我们怀疑他智力上有些障碍,你最好能带他去医院查一查。"走出教室,她流下了泪。然而,当她回到家里,却对坐在桌前的儿子说:"老师对你充满了信心。他说了,你并不是个笨孩子,只要能细心些,会超过你的同桌,这次你的同桌排在第 21 名。"

说这话时,她发现,儿子暗淡的眼神一下子充满了光亮,沮丧的脸也一下子舒展开来。她甚至发现,从这以后,儿子温顺得让她吃惊,好像长大了许多。第二天上学时,去得比平时都要早。

孩子上了初中,又一次家长会。她坐在儿子的座位上,等着老师点她儿子的名字,因为每次家长会,她儿子的名字总是在差生的行列中被点到。然而,这次却出乎她的预料,直到家长会结束,都没听到他儿子的名字。她有些不习惯,临别前去问老师,老师告诉她:"按你儿子现在的成绩,考重点高中有点儿危险。"听了这话,她惊喜地走出校门,此时,她发现儿子在等她。走在路上,她扶着儿子的肩膀,心里有一种说不出的甜蜜,她告诉儿子:"班主任对你非常满意,他说了,只要你努力,很有希望考上重点高中。"

高中毕业了。第一批大学录取通知书下达时,学校打电话让她儿子到学校去一趟。她有一种预感,她儿子被第一批重点大学录取了,因为在报考时,她对儿子说过,相信他能考取重点大学。儿子从学校回来,把一封清华大学招生办公室的特快专递交到她的手里,突然,就转身跑到自己的房间里大哭起来。儿子边哭边说:"妈妈,我知道我不是个聪明的孩子,可是,这个世界上只有你能欣赏我……"

听了这话,她悲喜交加,再也按捺不住十几年来凝聚在心中的泪水,任它流下,打在手中的信封上……

感恩提示
gan en ti shi

比尔·盖茨在母亲节时曾寄过一张卡片给他的母亲,诚挚地写道:"妈妈,我感谢你。是你常常发掘我的优点,鼓励着我前进,使我有了今天的成就……"

"老师表扬你了","老师对你充满信心……"一次次地,执著的母亲在所谓"笨孩子"身上用心良苦地发掘优点,我们在惊叹于母爱伟大的同时,内心是否有着另一番的触动呢?

是的,欣赏。一个"欣赏",培养了一位清华学子,造就了一代微软大亨!欣赏的魅力竟如此令人折服。如果说孩子的成才是一架钟,那么旁人的欣赏则是发条的润滑剂。伴着欣赏的发条,孩子这架脆弱的钟走得更顺畅。当然,我并不否认孩子的教育不需强制,但是毕竟孩子是娇弱的花朵,也需要经常的呵护。如果一味地严格对待,一味地泼冷水,那么花朵是很容易夭折的。"每朵花都有盛开的理由",既然这样,我们何不多点用欣赏的眼光来看待孩子,孰不知,和风细雨比暴风骤雨更让人接受。

因此,那些关注孩子成长的父母们,不妨先把你们那种"望子成龙,望女成凤"的心情搁在一旁,换一种欣赏的眼光去对待孩子,善于发掘他们的优点,或许,会有另一番收获。

(陈 丹)

很多人都说,女人没福气,没有熬到男孩把她带到美国享福的那天。起初我也持这种观点,去年,我做了父亲,方才体会到,女人是有福的。

感
恩
父
母

132

妈妈的眼泪

◆文/徐 悦

八年前,一个女人带着正上初一的男孩,在征得我爸妈,甚至我的同意后,寄居在我家,在那个靠厕所的,不足六平方米的小房间里。小房间原本是我堆杂物的,勉强可以放一个双人床,再也放不下一样东西了,她们母子俩厚一点儿的衣物和用不上的被褥只能放在床底。

在寄居我家的前一月,女人刚刚接到她男人的判决书,听妈妈说,她男人因诈骗罪,被司法机关收监。法院原本不打算收她家房子的,女人愣是自己把房子给卖了,因为善良的她不忍看见比自己还可怜人的泪,男人欠下的,她哪怕再难、再苦,也得还上……

男孩起得很早,因为他的学校离我们家有七站路的距离,还有他包下了我们家拿牛奶和买报纸的活,尽管他从不喝牛奶,也没时间看报。女人起得比男孩还早,因为那会儿妈妈的身体很不好,被神经性失眠、胃病折磨得够呛,早上那阵往往是妈妈睡得最香甜的时刻。而爸爸呢,似乎永远有加不完的班,出不完的差。我想,就算不是这样,女人也会这样做的。女人原本可以替她儿子做拿牛奶、买报纸的活,可她宁愿唤起熟睡中的儿子……

或许是穷人的孩子早当家、早懂事的缘故,男孩在省重点中学读快班,成绩依然排在班上前几名。我比男孩大4岁,当时在技校读二年级,他的成绩单和三好学生的奖状,让我妒忌不已,甚至让我感到某种压力,因为爸妈那会儿很喜欢拿男孩同我做比较,最后总是以如果男孩是他们的儿子,他们睡着了都会笑醒作为结束语,这多少让我觉得很没面子,有点儿下不来台。渐渐地我对母子俩开始变得冷淡,甚至无礼地问过他们,什么时候从我家搬出。

正因如此,女人总是让男孩处处让着我。男孩的功课比我多,比我重,但他从不用光线明亮的大房间的写字台,而是趴在他们小房间的床上,垫上一块木板完成作业,即使没人用写字台,男孩也自觉这样做。如果男孩与我碰巧想干一件事,比如都想上厕所,或者都洗手时,男孩会自觉地站在后面,哪怕是他先到的,仿佛我俩当中大4岁的是他一样。

但有时男孩也会忘记女人的话,他很喜欢体育,喜欢足球。有时星期天,男孩和我一块在客厅看电视,男孩会小声对我说:"哥,放那个有足球的频道……"正在拖地的女人会狠狠瞪自己的儿子一眼,男孩就不吱声了,但没一会儿他还会和我提出这个小小的要求。女人也不骂男孩,也不打男孩,她会把男孩叫到她的小房间,没一会儿,小房间就会传来女人的哭声……

有时,到了晚上六七点钟,仍不见男孩放学回来,女人会一边洗碗,一边不时焦虑地望着窗外,我会幸灾乐祸地想:那小子定是在学校踢足球忘了钟点。果不其然,门外传来男孩小得不能再小的叫门声,男孩浑身沾着球场的泥巴,甚至连脸都成了大花脸。过一个小时后,男孩肯定会十分难过地到客厅求我爸妈劝劝女人别哭了……

在那会儿,我特怀疑女人的眼泪是假的,她的哭像是在做戏,怎么说来就来呢?我甚至在想,她是不是得了一种病,叫"泪腺发达症"……爸妈的解释是,女人没什么文化,就小学毕业吧,也说不上什么道理,情急无奈之下只能采取这样的方式了。

其实,我妈和我外婆还有很多人都劝女人别等在牢里的男人了。女人长得其实挺美的,我想,如果她略施粉黛,不比电视上的广告美女逊色。也有许多人热心当媒婆,为女人撮合婚事,女人也见过其中几个。那天,她也曾把其中的一个较为满意的男朋友带到我家来。等女人男朋友走后,小房间里传来了男孩大声质问声:"我有爸爸,警察叔叔抓错人了,爸爸会放出来的,等爸爸出来后,我会和爸爸说的……"临睡前,我看见女人在小房间的门外悄悄抹眼泪,从此女人再没见过任何男友……

我不得不承认,男孩是个非常聪明的家伙,什么事他都爱琢磨,他一直缺个笔筒,上次问我借,结果没借到。嘿,那次男孩回家捧着废旧的空可乐易拉罐像个宝似的,琢磨开了,没一会儿,就用剪刀铰了个简易笔筒,女人又用老虎钳将笔筒修了个花边,还用锉刀把棱角处打磨得十分平整,男孩微笑而赞许地看着女人,女人也难得会心一笑望着男孩。后来,母子俩还送了我一个易拉罐笔筒,那笔筒拿在手里很轻,但细细那么一端详,真有点儿工艺品的味道,我顺手插上两支笔,放在写字台最醒目的位置上,心里的感觉便有些沉甸甸的。也没过几天,母子俩用易拉罐做的天鹅状的烟灰缸,甚至肥皂盒便充斥在我家的客厅、茶几、厕所了。

男孩已经很久没再很晚回家,没再踢过足球,不是因为他"改邪归正",而是他的足球鞋破得不能再破了……

不过,那次女人参加完男孩的家长会后,很快给男孩买了双簇新的足球鞋,这双鞋可不便宜,足足花去她两个月的工资与奖金。原来,女人在参加完家长会后,看见学校贴的海报,上面写着参加市里足球比赛选拔人员名单,男孩排在第一个,男孩名字后面的括号里清楚地写着"队长"二字。那晚,男孩看着簇新的足球鞋兴奋得流下了眼泪,并信誓旦旦地保证,参加完比赛要把自己的期末成绩排在最前面,不久男孩果真实现了他的诺言。

在那以后很长时间里,男孩很听女人的话,不过有一次竟出现了意外。

那天,男孩放学特别早,碰巧听见我们一家和女人在议论他爸爸诈骗罪的事,他第一次十分无礼,几乎是冲着我们所有人咆哮着,他爸爸是被冤枉的,说完,就冲了出去,我们一家和女人都没追上他……

那天晚上也没见男孩回来睡觉,我们找遍了所有能找的地方。到了第二天的傍晚,市郊的监狱打电话来说,男孩在他们那儿,不过遗憾的是,男孩的爸爸并不在那家监狱服刑,男孩要我们保证今后不准再说他爸爸是诈骗犯才肯进家门……

三年后,母子搬出了我们家,因为男孩上高中了,他成绩好,学校第一次破例让住在本城的学生住校了。那年女人也下岗了,她找了一个她认为是非常好的活,在某装饰城白天当清洁工,晚上当守夜人。有时在装饰城里扫完地,她会帮老板上货、卸货,到月底的时候,老板都会意思两个小钱。晚上,女人也会揽下替装饰城老板洗衣服的活,也能得几个辛苦钱。听妈妈说,女人在装饰城的活,其实特没意思,不管白天或晚上,人不能轻易离开,整个儿被时间给箍死了,连个电视都没有,没了一点儿娱乐,剩下的也就是在捆扎老板们不要的报纸时,看上两眼过时的新闻吧……

说真的,母子俩搬出小房间后,我有很长一段时间不习惯。首先,家里的饭菜不合口味了,女人弄的菜颜色搭配得我看着就想加饭,我还会愧疚地想起,女人总是往我饭盒里压好菜,而自己儿子的饭盒上似乎全铺着一些下市菜。再说也没人在星期天同我打羽毛球了……

女人的汗水、眼泪总算没有白流,男孩十分争气,在高二那年参加世界中学生奥数比赛,拿了两个金牌,被美国一家著名大学看上,人家老美大学给的条件很不错,好像学费全免,还有全额奖学金……

妈妈、外婆几乎所有人都说,女人的苦日子总算熬到头了,果不其然,女人很快收到了男孩从美国勤工俭学挣来的美元。男孩在信中让妈妈别在装饰城干了,以后,他会养活她的,他甚至还在信的结尾处,十分动情地劝妈妈再找一个合适的男人,只要她满意,真心对她好,他就认这个爸爸。

后来,我在本市一家晚报的副刊上读到男孩写的一篇文章,题目叫《妈妈的眼泪》。在文章的最后,他写道:"起初,觉得妈妈是水做的,稍微一生气,一有火就会把眼泪给烤下来……在美国的这些艰难的岁月里,才明白,一个单身妈妈眼泪里有太多的期望、太多的……"

大概在男孩去美国的第二个年头,女人因为长期劳累,进了医院,就再没出来过,按照她临终前的嘱托,我们没有及时告诉男孩……

很多人都说,女人没福气,没有熬到男孩把她带到美国享福的那天。起初我也持这种观点,去年,我做了父亲,方才体会到,女人是有福的。因为,大多数父母在孩子问题上永远像一个不成功的商人,投入是巨大的,金钱、时间、感情、牺牲,但往往都很少有回报,就算有,他们往往也会选择放弃。比如,女人始终没花男孩寄的一美元,而是用男孩的名字将所有的钱存了起来,甚至包括她自己省吃俭用从牙缝里硬抠出来的血汗钱……

那个女人是我苦命的四姨,那个男孩是我争气的表弟……

感恩提示
gan en ti shi

文章刻画了一个坚强却又"爱哭"的母亲的形象,同时通过孩子的成就又从侧面反映出她作为一名母亲的成功。她明明是深爱着儿子的,但因为寄人篱下,而不得不难为自己的儿子,这一点实在令人感动。特别是作者在描绘母亲第一次流泪的时候,真的能够触动人心。再者,当母亲开完家长会以后,一反常态花了两个月的工资为儿子买球鞋，更能体现出她的爱子之情。

文章结尾处说到儿子终于出人头地的时候，母亲却因为积劳成疾而离他而去，不禁使人感到惋惜，文章再次给母亲的头上添加了神圣的光环，至此，伟大的母爱已完全展现出来。

在现实生活中或者许多母亲的做法是不同于这位母亲的，但是世上又有哪一位母亲不是为了自己的儿女而劳心劳力的呢？我们是不是应该为报答母爱，好好珍惜生活，即使不能做到文中的儿子那样出息，至少也应该做一些令母亲感到欣慰的事情吧？是的，母爱值得我们回报！

（陈静怡）

鲜红的火鼓灯笼把我家里映得通亮通亮。灯下，继母系着干净的围裙正弯腰给爹刮着霜一般的胡须。爹躺在炕上却动不了了。

108 封家书

◆文/卢志平

·感·恩·父·母

继母进我家是在二姐出嫁的那年腊月。印象中，再有三天，我就满17岁。继母来时带了一个小我两岁的弟弟。弟弟话不多，却常常爱用眼睛看看爹，又看看我。

每天，继母手中似乎总有干不完的活儿。她活少，温存的话更少，脸上常凝聚着一种表情，就像腊月天没有太阳的午后。

家里的日子水一样平淡。白天，爹带着我在空荡荡的四合院墙里，和泥，做泥坯，细心修补破旧的几间瓦房；夜晚，没有了我和姐姐的打闹嬉笑，没了爹嗔爱的斥责，炕头昏黄的灯光下，全家人默默相视而坐……没有欢乐的日子就这样过着。终于有一天，村子里的闲话传到了我家；卢家后老子后娘，异姓兄弟，三间土瓦房凑合起来的日子可有好戏看了……我稚嫩的心灵再也无法承受寂寞和流言的重负，我想到了离开家，到很远的地方去。

次年3月，征兵的消息传到我们村，我背着爹偷偷报了名。离家的那天早晨，爹和继母送我到村口。风正刮着，塞北坝上的3月，风一阵紧似一阵。该走了，我抬起头，风中的继母显得更加苍老了。鬓角的白发随风舞动，半遮着她那饱经沧桑、布满皱纹的脸，平日里黯淡的目光似乎也不见了，眼神里流露出慈爱。她望着我，颤颤地说："牛娃，你当兵了。去队伍上，别忘给家写信。"声音饱含着无限的爱意。我鼻子一酸，却故作坚强地狠狠哼了一声。爹佝偻着身子，从棉袄袖子里抽出手，拉拉我的衣角："平娃，你娘来这么久了，你要走了，认个口吧。"望着父亲那充满祈求的目光，我的嘴动了动，但始终没能叫出继母所期待的那一声，头也不回地上路了……

新兵集训的日子艰苦单调。从未离家半步的我，一下子变得特别想家，想爹、想早逝的娘。爹现在好吗？前几年劳累染上的脑血管病加重了没有？我当兵了谁还给他烧热炕、煎药，继母照顾爹周到吗？娘要在世有多好，既照顾爹，又疼我。记得我小时候，我最爱静静地猫在娘的怀里，让娘抚摸着我的头，给我讲孙悟空大闹天宫的故事……想着想着，泪水不知不觉地蓄满了眼窝。

写信成了我寄托思念的唯一方式。休息间隙，我把部队生活、训练的感受，连同对爹的牵挂，全都倾注在纸上一起寄出去。

对继母的了解，是从爹的来信中得知的。继母曾经有过一个家，后来丈夫死了，迫于生计，她带着孩子讨过饭，干过常人没有干过的活儿，尝尽了人间的辛酸与苦辣，窘困日子的煎熬，似乎磨平了她情感的棱角和外在爱心，默默干活儿操持新家成了她生活的唯一解脱。爹在信中多次说到，自从我当兵走后，继母整天忙里忙外，下地种田，洗缝浆洗，样样安排得有板有眼，家也像个家了，生活一天胜似一天。爹还告诉我，每次继母收到我的信时，都像迎接远归的孩子，用长满老茧的手爱惜地一遍遍抚摸，很久之后，才用针轻轻地排开封口，将信纸展平，交给他。继母有次还无意中说："平娃在家时我没有好好照顾他，现在他当兵走了，不知穿得暖不？吃得饱不？"

可怜的继母啊，她哪里知道，我几年来写给爹的信中，竟然没有问候过她一句，更不用说在信中叫一声"娘"。我的心颤抖了。

五年后的一天，爹来信说，继母的一位远房妹妹来我家，当她看到继母收集着我写给爹的。108封信，竟没有一句问候自己姐姐的话语时，她哭了，继母也哭了，姊妹俩哭得非常伤心。

连续两个月我再没有给家写信。我要回家。

腊月三十夜里，我踏进了家门。

鲜红的火鼓灯笼把我家里映得通亮通亮。灯下，继母系着干净的围裙正弯腰给爹刮着霜一般的胡须。爹躺在炕上却动不了了。

"爹……"我的喉咙一阵哽咽，像卡了鱼刺。继母一怔，猛然回头，惊喜得张着嘴，却说不出一句话。手里的刮胡刀割在了手指上都没有感觉到。一滴滴殷红的鲜血溶进洁白的肥皂泡沫里，在灯光的照射下，格外绚丽。

"啊！是平娃回来了。"继母像是突然明白过来,忙不迭地扔下刮胡刀,一手抢过我手上的提包,一手抚摸着我肩上硬硬的肩章,突然又自责起来,"看我咋把血沾在平娃的军装上!"继母不经意的话像刀子激着我的心。我多么想叫她一声娘,可是我没有叫出来……

吃过年夜饭,爹吃力地从炕头抱出一个木匣子,里面是我五年来写给家里的信,有尺余厚的一摞,一封一封用针线装订得整整齐齐。

"这是你娘保存你写的信,一封也没落,共108封。你娘说:'这里面有平娃对我说的话……'"

我愧疚地抱着信的"合订本",仿佛就看见泥坯火炕边,一盏满身油腻的小小煤油灯,在如豆的灯光下,继母一遍遍用长满老茧的手抚平信的褶痕,对着光,穿上线,一针一线缝合这信的合订本。那晶亮的针仿佛不是在缝合信,而是缝合着母子情,缝合着一片片艰难的生活和企盼幸福家庭的梦。

我再也抑制不住感情的波涛,泪水夺眶而出。火鼓灯笼下,继母眼里滚动着晶莹的泪花,脸上却露出幸福的微笑。

"娘——"我跪倒在继母的膝下……

窗外爆竹声声,年夜幸福祥和。

感恩提示
gan en ti shi

这篇文章里的继子因为和继母特殊的关系,长期无法接受继母的存在,对继母冷若冰霜,形同陌路。朝夕相处的日子里,他从未开口叫她一声妈。即使是相离家乡,在108封家信里,他也没有提到继母一个字,给过她一句问候。但那位继母却像水一样默默地承载了一切,甚至她还将与自己丝毫无关的信件细心保管,订成了合订本。而她对继子的感情也始终如一,从无半句怨言或者责问。当儿子从军营中归来,她兴奋异常,欣喜地迎接他的到来。正是在这位伟大母亲的感动下,儿子最终弯下了他男子汉的双膝,跪倒在继母面前,从心底喊出了一声"娘!"。我想,再坚硬高大的冰山,都会在水的浸泡下慢慢地消融冰释。再封闭的心灵,也总有一天会在一声声爱的轻唤下,默默地打开一扇接纳的门。爱的力量是无穷的,它可以创造出一个又一个奇迹。

(安 勇)